پھول کھلنے دو

(ناولٹ)

واجدہ تبسم

© Wajida Tabassum

Phool khilne do *(Novelette)*

by: Wajida Tabassum

Edition: March '2025

Publisher :

Taemeer Publications LLC (Michigan, USA / Hyderabad, India)

ISBN 978-93-5872-805-7

9 789358 728057

کتاب : **پھول کھلنے دو** (ناولٹ)

مصنفہ : **واجدہ تبسم**

صنف : فکشن

ناشر : تعمیر پبلی کیشنز (حیدرآباد، انڈیا)

سالِ اشاعت : ۲۰۲۵ء

صفحات : ۹۸

سرورق ڈیزائن : تعمیر ویب ڈیزائن

رات کے اندھیرے میں بھی دور ہی سے ایک بورڈ چمک چمک کر اپنی اہمیت کا اعلان کرتا نظر آتا تھا ——
"شانتی ڈاملے میٹرنٹی ہوم ——"

سیاہ، مہیب سنّاٹے کو چیرتی ہوئی ایک آواز دُور سے اب قریب سنائی دینے لگی —— یہ بیل گاڑی کی چرخ چوں چرخ چوں کی آواز تھی —— شاید کوئی حاملہ اس میں تڑپ رہی تھی کیونکہ گاڑی کی چرخ چوں سے ہٹ کر کبھی کبھی ایک تیز نسوانی چیخ بھی سنّاٹے میں گونج گونج اٹھتی تھی ——

گاڑی پھاٹک میں داخل ہوئی اور آواز سنتے ہی لیڈی ڈاکٹر شانتی ڈاملے برآمدے میں نکل آئی۔ یہ عجیب اتفاق تھا کہ آج نرس بھی چھٹی پر تھی اور دایا بھی —— جو کچھ کرنا تھا ڈاکٹر ہی کو اکیلے کرنا تھا ——

ساتھ میں کوئی مرد نہیں تھا —— حاملہ عورت کو سہارا دے کر ایک بوڑھی سی ملگجی عورت نے بمشکل اتارا —— انسانی ہمدردی کے جذبے سے چور ڈاکٹر لپک کر سیڑھیاں اتری اور ایک طرف سے سہارا دے کر دونوں حاملہ کو لیبر روم تک لے آئیں ——

"مائی تم باہر ہی بیٹھو —— میں تمھاری بیٹی کو ابھی دیکھتی ہوں ——"

۲

"میں اس کی پڑوسن ہوں —" بڑھیا نے غیر ضروری سا جواب دیا —
"کوئی بات نہیں — تم باہر ہی بیٹھو —"
حاملہ کو ٹیبل پر لٹا کر لیڈی ڈاکٹر نے صابون سے ہاتھ دھوئے اور دستانے چڑھا رہی تھی کہ حاملہ نے عجیب لجاجت آمیز لہجے میں، اتنے درد اور کرب کی حالت میں بھی اسے مخاطب کیا —
"میم صاحب — مجھے بیٹا چاہیے —"
ڈاکٹر پہلے تو متعجب ہوئی — پھر ذرا مسکرائی۔
"بائی — یہ تو بھگوان کے ہاتھ ہے۔ میں تو صرف تمہاری تکلیف ہی دور کر سکتی ہوں —"
حاملہ چیخ کر اٹھ بیٹھی — "نہیں — نہیں۔ مجھے بیٹا ہی دینا میم صاحب۔ آگے ہی میری دو — دو بیٹیاں موجود ہیں اور ان کے باپ نے صاف کہہ دیا ہے کہ اگر اب کے بیٹی ہوئی تو وہ ہم سبھوں کو مار ڈالے گا..... میں تمہارے پاؤں پڑتی ہوں میم صاحب..... دیکھو نا اسی لئے تو ساتھ میں آیا بھی نہیں...
... لیڈی ڈاکٹر نے تیزی سے آگے بڑھ کر اسے لٹا دیا — تیز درد کی ایک اور لہر نے حاملہ کو پھر سے بے حال کر دیا تھا — لیکن وہ اس درد کو بھول کر کہے جا رہی تھی —
"میم صاحب اگر قسمت سے بیٹی ہی ہو جائے تو تم اسے مار ڈالنا مگر مجھے اب اور بیٹی کی ماں مت بنانا —" ڈاکٹر اس کی بک بک کو کبھول کر اپنے پیشے کے روایتی انہماک میں جٹ گئی تھی —
"تم یہ کیوں سوچتی ہو کہ تمہیں بیٹی ہی ہو گی۔ بھگوان بیٹا بھی تو دے سکتا ہے..."

۳

وہ اس کے پیٹ پر اسٹیتھسکوپ لگا کر، کان قریب کیے بچے کی دھڑکن بھی سنتی جا رہی تھی ــــ

"بھگوان ہم غریبوں پر اتنی دیا کیوں کرنے لگا ہے؟ بیٹے تو وہ بڑے لوگوں کو دیتا ہے۔ ہمیں تو غریبی بڑھانے کے لئے بیٹیاں ہی ملتی ہیں ..... درد کی ایک تیز لہر نے پھر سے اس کی زبان روک دی۔

"اچھا اب تم چپ چاپ پڑی رہو۔ زیادہ باتیں کرو گی تو زچگی میں مشکل ہو جائے گی۔ سانس روکو تو بچہ جلدی پیدا ہوگا ....

اس وقت تک درد کی لہر آکر جا چکی تھی اور حاملہ پھر سے اپنی ضد پر مستعد تھی ــــ

"میم صاحب اگر بیٹی ہو ہی گئی تو تم ہاسپٹل کے کسی بیٹے سے میری بیٹی بدل سارا کام تو تم کرتی ہو کسی کو کیا پتہ چلے گا کہ کس کو بیٹا ہوا تھا اور کس کو بیٹی ......"

ابھی ڈاکٹر نے اسے غصے سے گھورا ہی تھا کہ باہر سے کار کے ہارن کی تیز آواز سنائی دی ــــ شاید کسی بڑے آدمی کے گھر کا کیس آ گیا تھا۔ کیونکہ اطراف واکناف میں ساری غریب آبادی تھی، کیسی کیسی کے پاس ہی گاڑی تھی ــــ

"یا مصیبت ــــ" ڈاکٹر نے دل ہی دل میں سوچا۔ آج اسٹاف چھٹی پر ہے اور دو دو کیس ــــ خیر بھگوان مالک ہے ــــ"

ڈاکٹر پہلے کیس کو چھوڑ کر دوسرے کیس کی طرف لپکی۔ بہو کو ساس لے کر آئی تھیں ــــ کپڑوں اور زیوروں سے ہی اعلیٰ رکھ رکھاؤ کا پتہ چل رہا تھا۔ آتے ہی ساس نے سنا دیا یوں جیسے ڈاکٹر پر احسان کر رہی ہوں ــــ

"بہو کا کیس تو شہر کے ہاسپٹل میں تھا، مگر رائے بہادر اتفاق سے کسی کام سے شہر گئے ہوئے ہیں، درد اٹھا تو بھاگم بھاگ ہم یہیں لے آئے ــــ"

۴

ڈاکٹر اس قسم کے نخروں کی عادی تھی۔ مسکرا کر بولی۔

"کوئی بات نہیں ـــ میں ابھی انھیں بھی دیکھتی ہوں ـــ"

ڈاکٹر نے باہر جھانکا کہ پہلی حاملہ کے ساتھ والی پڑوسن کو چائے کافی کے لیے کہے، مگر وہ پڑوسن کا حق نبھا کر واپس جا چکی تھی ـــ باہر گاڑی میں ڈرائیور اور ایک دو نوکر بیٹھے بیڑی سگریٹ پی رہے تھے ـــ

"کیا مصیبت ہے ـــ اس نے ذرا جھلا کر سوچا۔ اب کافی بھی مجھے ہی بنا کر دینی پڑے گی۔"

وہ کافی کے لیے دودھ گرم کرنے مڑی ہی تھی کہ پہلی والی حاملہ کی تیز چیخوں کو سن کر تیزی سے دوڑی آئی ـــ بچہ پیدا ہونے ہی کو تھا۔

سارا سامان تو تیار ہی تھا ـــ کمرے میں دوسری طرف ایک اور ٹیبل تھا جس پر رائے صاحب کی بیوی لیٹی ہوئی تھی۔ بیچ میں پردہ پڑا ہوا تھا ـــ دو حاملہ عورتیں ایک ہی کمرے میں ہوں تو ڈاکٹری اصول سے بیچ میں پردہ تان دیا جاتا ہے کہ ایک دوسری کو دیکھ کر دہشت زدہ نہ ہوں ـــ

بڑی مایوسی سے لیڈی ڈاکٹر نے دیکھا ـــ پہلی حاملہ کو پھر سے لڑکی ہی پیدا ہوئی تھی!

"لیکن مجھے ابھی اس کی اطلاع نہیں دینی چاہیئے۔ زچہ کے لئے غم کی یا خوشی کی غیر متوقع خبر کبھی کبھی جان لیوا بھی ثابت ہو جاتی ہے ـــ" وہ سٹر پٹر کرتی رہی۔ بیچ بیچ میں پہلی عورت کی آوازیں ابھرتی رہیں ـــ

"میم صاحب مجھے کیا پیدا ہوا ہے ـــ"

"میم صاحب لڑکا ہی ہے نا ـــ؟"

"میم صاحب لڑکا......"

ڈاکٹر صاحبہ نے ذرا خوش دلی سے کہا ـــ "اتاؤلی کیوں ہوئی جا رہی ہو ـــ ابھی بتا دیں گے

۵

اور تم سے مٹھائی بھی کھائیں گے ۔۔۔"

وہ اُداسی سے بولی ۔۔۔ " مٹھائی ہم غریب کہاں سے کھلائیں گے میم صاحب! یہاں تو روٹی کے لالے پڑے رہتے ہیں۔۔۔۔۔۔"

ڈاکٹر ہنس کر بولی ۔ " تو اچھا ہے ہم تمھیں کھلا دیں گے ۔۔۔"

بچی بچی چلّا کے روئے جارہی تھی ۔ " تھینک گاڈ ۔ چھوٹے بچے کی آواز سے پتہ نہیں چل سکتا کہ لڑکا ہے یا لڑکی ۔۔۔ ورنہ یہ عورت اپنا کیا حشر کرڈالتی ؟"

اُسی وقت دوسری حاملہ نے بے چینی کا مظاہرہ کرنا شروع کیا ۔۔۔ ڈاکٹر تیزی سے اس کے قریب پہونچی ۔۔۔ کبھی کبھی حاملہ کی تکلیف کم کرنے کے لئے اسے باتوں میں بہلانا بھی بہت سودمند ثابت ہوتا ہے ۔۔۔

"آپ کا نام کیا ہے ۔۔۔" ڈاکٹر مسکرا کر بولی ۔

" ریکھا ۔۔۔" ریکھا اپنے آپ کو سنبھال کر بولی ۔

پھر اُس نے ذرا غور سے ڈاکٹر کو دیکھا اور اتنی تکلیف کے باوجود ذرا ہنس کر بولی ۔۔۔ " آپ بڑی سندر ہیں ڈاکٹر ۔۔۔"

ڈاکٹر ذرا دکھ سے مسکرائی ۔۔۔ " ہاں مگر اتنی بھی نہیں کہ کسی کے بھاگ کی ریکھا بن پاتی ۔۔۔"

" آپ نے شادی نہیں کی ڈاکٹر۔۔۔۔۔۔" ریکھا نے اپنی بات کے جواب سے پہلے سے پیٹ پکڑ لیا ۔۔۔ مر گئی ۔۔۔"

ڈاکٹر ہنسی ۔۔۔ " آپکا پہلا بے بی تو نہیں ہے نا یہ ۔ پھر ذرا دھیرج سے کام لیجیے نا؟

" دوسرا ہے ۔۔۔ ریکھا ہانپ کر بولی ۔" پہلا بیٹا ہے ۔ اب مجھے تو بیٹی کی چاہت ہے ۔

۶

نگر اتنے درد کے باوجود بھی وہ ہنسی " ماں جی کو بیٹا ہی چاہیئے انہیں پوتوں کی فوج چاہیئے..."

درد کی ایک اور لہر آکر گذر گئی تھی، جو تڑپتی ہوئی عورت کو پھر واپس تواسول میں لے آتی ہے ......

"میم صاحب ـــ مجھے میرے بیٹے کی صورت تو بتادو ـــ" پہلی زچہ نے پھر پکارا ـــ

ڈاکٹر ہنس کر اس کے قریب آئی ۔ اس کا گال تھپکایا ۔

"بیٹے کا نام کیا رکھو گی ـــ ؟"

"بُندو ـــ" عورت خوشی اور کچھ فخر سے بولی ـــ

ڈاکٹر نے سہم کر اسے دیکھا ـــ اور کچھ رک رک کر پوچھا ـــ ہریجن ہو ـــ ؟"

عورت نے اداسی سے سر ہلا دیا ـــ نہ بھی ہلاتی تو ڈاکٹر نام سے ہی سمجھ گئی تھی .... بڑے لوگ ایسے چھپے نام نہیں رکھتے ـــ بُندو ۔ کلّو ۔ ڈھیبو ۔ یہ اور ایسے سارے نام اس کی اپنی زندگی کی ساری داستان اُسے یاد دلا دیتے تھے ـــ وہ خود بھی تو ایک نیچ ذات سے تھی !

اچانک اس کا دل دکھ سے بھر گیا ـــ اگر اس عورت کو یہ معلوم ہو جائے کہ اُس نے پھر سے ایک لڑکی کو جنم دیا ہے تو شاید .... شاید وہ خود اپنی اور اس بچی کا خاتمہ کر ڈالے ۔ یا شاید اُس کا شوہر سبھوں کو ختم کر دے، یا گھر سے نکال دے ـــ یا گھر چھوڑ کر خود کہیں چلا جائے ـــ غریبی میں لڑکیاں ہی لڑکیاں ہونا کتنے دکھ کی بات ہے ۔ اُنھیں عذابوں سے پالنا ۔ بھوکی نگاہوں سے جوانی میں بچانا ـــ پھر شادی ! جو سراسر تھیلی بھر روپوں کا سوال تھی ـــ

"کیا میں یہ گناہ مول لے لوں ـــ ؟ بچے بدل دوں ؟ لیکن یہ کیا ضروری ہے کہ رائے صاحب کی بیوی کو بیٹا ہی ہو ـــ

۷

وہ تیزی سے اُٹھی ـــــ مذہب ذات پات، بھگوان خدا، اُس کے لئے یہ سب چیزیں بے معنی تھیں۔ زندگی نے اُس کے ساتھ جو بھیانک سلوک کیا تھا تو وہ ہر چیز سے دستبردار ہوگئی تھی۔ اسی لیئے نہ اس کے گھر میں مندر کا استھان تھا نہ کہیں بھگوان کی مورتی ـــــ ہاسپٹل میں بھی وہ یوں رہتی کہ کسی کو اس کے مذہب اور ذات پات کا اندازہ نہ ہوتا ـــــ لیکن اچانک ان دیکھی قوت کے آگے اُسکا سر جھکا دینے کو جی چاہا ـــــ وہ اپنے کمرے میں گئی۔ کیلنڈر پر کسی دیوتا کی فوٹو تھی۔ پتہ نہیں وشنو بھگوان تھے، یا کرشن یا ہنومان جی ـــــ اس نے برسوں کے بعد پرارتھنا کے انداز میں ہاتھ جوڑ کر آنکھیں بند کیں اور سر جھکا کر دل ہی دل میں بولی۔

"اگر تو دلوں کی تڑپتی دعا واقعی سنتا ہے تو آج میں اپنے لئے نہیں کسی اور کے لئے ایک دعا مانگتی ہوں ـــــ بھگوان ریکھا کو بیٹا دے دے۔"

ڈاکٹر ـــــ باہر سے بوڑھی ساس کی تیز آواز سنائی دی اور وہ لپک کر لیبر روم میں پہونچی۔ ایک اور ہستی دنیا میں قدم رکھنے کے لئے، اپنی قسمت میں لکھی تمام تر برائیوں اور اچھائیوں، تمام تر سکھ اور دکھ، جھیلنے کے لیے کمر بستہ ہو چکی تھی ـــــ ڈاکٹر تیزی سے واشن بیس کی طرف بڑھ گئی ـــــ

چند منٹوں کی جد و جہد نے ایک عورت کو پر سکون کر دیا اور دوسری عورت ـــــ جو لیڈی ڈاکٹر تھی کا سکون لوٹ لیا ـــــ ریکھا کو بیٹا پیدا ہوگیا تھا ـــــ چند لمحے پیشتر ڈاکٹر جس مستعدی سے کام کر رہی تھی وہ مفقود ہو چکی تھی ـــــ ایک لمحے کے ہزارویں حصے میں ہزاروں خیالات اس کے ذہن سے آ آ کر نکل جاتے تھے ـــــ

۸

"نہیں نہیں میں یہ گُناہ مول نہیں لوں گی۔ مجھے کیا جس کے نصیب میں جو لکھا ہے وہ بھگتے گا ــــــ"

پھر دل اسے کچوکتا ــــــ "شانتی ڈاملے ذرا سوچو کس لجاجت سے وہ برہمن عورت تم سے بیٹے کی بھیک مانگ رہی تھی ــــ اگر اس کے شوہر نے ایک ساتھ سب کو مار ڈالا تو چار جانوں کا خون تمہاری گردن پہ ہوگا ــــــ"

مگر میں یہ ظلم کیسے کروں ــــ بچّے کیسے بدل دوں۔ ممکن ہے بھگوان نے اُن لوگوں کی زندگی ہی اتنی لکھی ہو!"

"ارے ذرا سوچو امیر گھر میں لڑکا کیا ــــــ لڑکی کیا۔ ٹھاٹ سے ہی رہیں گے ــــ ویسے دیکھا خود لڑکی چاہ رہی تھی۔ اور ......

اس نے گھبرا کر اپنے آپ کو دیکھا ــــــ پسینہ نہ صرف قطرہ قطرہ بلکہ موجیں بن کر اس کے وجود کو ڈبوئے دینے پر تلا ہوا تھا ــــــ اس نے ٹھنڈی ہوا کے ایک جھونکے کی خاطر کھڑکی کا پردہ ہٹا دیا ــــــ اور باہر کا منظر دیکھتے ہی اس کا خون اس کی رگوں میں منجمد ہو کر رہ گیا ــــــ

باہر رائے صاحب کھڑے تھے ــــــ

رائے صاحب اشوک چکرورتی !

اس کا اپنا اشوک!! جو اُسے وقت کی بے رحم موجوں کے حوالے کر گیا تھا اور پھر کبھی پلٹ کر خبر نہ لی تھی ــــ جس کے ہاتھوں اُس نے اپنی زندگی، خوبصورتی اور جوانی کا ہر ہر لمحہ سونپ دیا تھا۔ اور جب اس کے پیٹ میں ننھی سی جان کلبلانے لگی تھی اور اُس نے شادی کے لیے کہا تھا تو اُس نے وہی امیروں کی روایتی بے رحمی کے ساتھ کہا تھا!۔

۹

"ہم سے ہنسی دل لگی میں ایک بے وقوفی ہوگئی تھی۔ کیا تم ابارشن نہیں کروا سکتیں"

"ابارشن —؟" اس نے گھبرا کر پوچھا تھا۔

"ہاں ہاں ابارشن — آخر کالج میں پڑھنے والی ایک لڑکی اس لفظ سے معنی تو جانتی ہی ہوگی۔ یا پھر ڈکشنری میں دیکھ لو —"!

"اشوک —" وہ جیسے ڈوبتے ڈوبتے بولی۔

"لیکن اگر ہم شادی کرلیں تو اپنا بچہ محفوظ بھی کر سکتے ہیں —"

"شادی —" وہ بعید اجنبی بن کر بولا — شادی کیسے ممکن ہے — ساری دنیا جانتی ہے تم ہریجن لڑکی ہو — اور ڈیڈی — ؟ کیا تم سمجھتی ہو ڈیڈی مجھے اس کی اجازت دے دیں گے —"؟

اور پھر وہ اس کی مرضی کے بغیر اپنے ایک ڈاکٹر دوست کے یہاں لے گیا اور زبردستی الٹی سیدھی دوائیں پلا کر اُسے اس جنت سے محروم کر دیا جو ماں بننے پر ہی قدرت کسی بھی عورت کے قدموں تلے تعمیر کرتی ہے —

اُس نے تیزی سے پردہ کھینچ دیا — وہ ایسے زاویئے سے رائے صاحب کو دیکھ رہی تھی کہ وہ اسے دیکھ نہیں سکتے تھے — اُس نے بمشکل خود کو کرسی پر گرادیا —

"رائے صاحب — زندگی بھر کبھی بھگوان کو نہیں مانا۔ آج مان گئی — کیونکہ بھگوان نہ ہوتا تو کون سی طاقت تھی جو مجھے تم جیسے پنچ سے بدلہ لینے کا موقع عطا کرتی — ؟ اب تمہارا بچہ — تمہارے جگر کا ٹکڑا ہریجن بستی میں پلے گا — بیگار میں گھسیٹا جائے گا۔ زمینداروں کے جوتے کھائے گا امیروں کی گالیاں سمیٹے گا اور میں قہقہے لگاؤں گی —"!

ڈاکٹر ریکھا کی کانپتی آواز آئی —

۱۰

بیٹا یا بیٹی ——" ؟

ڈاکٹر اس کے قریب گئی —— ایک بار پھر اس کا دل ڈگمگا گیا ——" اب بھی وقت ہے —— گناہوں سے بچنے کا —— نیکیاں سمیٹنے کا ——"

پھر اچانک اُسے اپنی زندگی بھر کی محرومیاں اور دکھ یاد آئے —— عجیب مخمصے میں جان تھی ——

"اتنی جلدی کیا ہے —— ابھی دیکھ ہی لینا نا ——" وہ بظاہر مسکرائی —— مگر دل میں آگ سی لگی ہوئی تھی ——

اچانک دروازہ کھلا اور نرس داخل ہوئی ——

"ارے سسٹر —— تم —— ڈاکٹر بے حد حیرت زدہ ہو کر بولی —— تم تو دو دن کی چھٹی لے کر گئی تھیں نا ؟"

"جی ہاں —— لیکن شہر جانے والی آخری بس بھی نکل گئی تھی جب میں اسٹاپ پر پہنچی تو میں نے سوچا کہ چل کر آپ کو ہیلپ ہی کر دوں —— اگلے ہفتہ چلی جاؤں گی"

پھر وہ مسکرا کر اِدھر اُدھر دیکھتی ہوئی بولی ——

"ارے میرے جاتے ہی آپ کو دو۔ دو کیس نبٹنے پڑے ——" ! پھر وہ ہنس کر آگے بڑھی۔ سامنے ہی ٹیبل پر دو ننھی مُنّی جانیں اپنے حال اور مستقبل سے بے خبر ٹھٹھرتی پڑی تھیں —— نرس نے کپڑے اٹھا کر دیکھا اور ہنسی ——" ایک لڑکا ایک لڑکی ——" پھر مڑ کر ڈاکٹر سے بولی —" بیٹا کس کا ہے اور بیٹی کس کی ہے ——" ؟

لیڈی ڈاکٹر شانتی ڈانیلے نے اپنے دھڑ دھڑ دھڑکتے دل کو قابو میں کیا اور بمشکل بولی ۔

" بیٹا اِس سرکین عورت کا ہے ۔ اور بیٹی رائے بہادر اشوک جگیدر تی کی ——"

ریکھا کی آنکھ لگ گئی تھی ورنہ وہ پوچھتی ضرور کہ میرے شوہر کا نام تمہیں کیسے معلوم ہوا، جبکہ ابھی میں نے بتایا تک نہیں — !

دوسرے دن اس شدید خلفشار سے بچنے کی خاطر لیڈی ڈاکٹر ایک ہفتہ کے آرام کے لیئے شہر چلی گئی — وہ اشوک کا کسی حال سامنا کرنے کے لیئے تیار نہ تھی۔

ویسے بھی نرس اس کی غیر موجودگی میں ہر کیس اچھی طرح سنبھال لیتی تھی —

جب وہ ہاسپٹل سے گھر جارہی تھی تو نرس دونوں بچوں کو تب تک نہلا چکی تھی — بیٹی کو اس کی ماں کے پاس سلا کر اب وہ لڑکے کو گود میں اٹھائے ہوئے تھی —

"ڈاکٹر دیکھیئے کتنا گل گوتھنا سا بچہ ہے — ڈاکٹر سُن رہ گئی مگر نرس سنائے گئی۔

"ہمارے یہاں ایسے تو کتنے بچے پیدا ہوتے ہیں مگر پتہ نہیں کیا بات ہے جو مجھے اتنا سویٹ کبھی کوئی بچہ نہ لگا اور ڈاکٹر ایک چیز نوٹ کی آپ نے — اس کے سیدھے بازو پر ایک چاند کی طرح کا پیدائشی نشان ہے۔ میری ماں کہتی ہیں کہ ایسے نشان کو پدم کہتے ہیں جو بہت ہی دھن وان اور بڑے آدمی ہونے کا نشان ہوتا ہے" اور اس نے اس کا چھوٹا سا ننھا منا بازو کھول کر بتایا جہاں پر ایک چاند اس کے نصیبوں کی سیاہی پر مسکرا رہا تھا —" !

لیڈی ڈاکٹر نے اپنے جذبات چھپاتے ہوئے لاپرواہی سے کہا —

"اپنے اپنے نصیب کی بات ہے — ہریجن کے ہاں جنم تو لیا ہے پر کیا پتہ بھگوان واقعی اسے بڑا آدمی بنا دے —"

ویسے یہ بات کہتے کہتے خود اُسے بھی اس بچے کے نصیب پر بے حد ترس آیا۔

اور اُس نے اپنے آپ میں سوچا کہ زندگی کے گھور اندھیروں میں اب تمہارے لیئے

۱۲

روشنی کی ایک ہلکی سی رمق تک نہیں سوائے اس نام نہاد چاند کے جو قدرت نے تمہارے بازو پر طلوع کر دیا ہے" !

وقت کے نقارے پر ایک ایک کر کے بارہ چوٹیں اور پڑیں —— قدرت کے مہربان اور نا مہربان ہاتھوں نے جو ادلا بدلی کر دی تھی اس کے صلے میں سلیکھا خوشیوں اور عیش کے جھولوں میں جھول رہی تھی اور بندو جوانی سے پہلے ہی بڑھاپے کی منزلیں طے کر رہا تھا ——

"جا —— باپ کو یہ کھانا دے آ —" ماں نے اُسے آواز دی جو گلی کے آوارہ لڑکوں کے ساتھ گلی ڈنڈا کھیل رہا تھا ——

" اور سُن —— " ماں نے جاتے جاتے اسے چتاونی دی۔ زمیندار کی حویلی میں زیادہ دیر مت ٹھہرنا۔ کوئی بھی ایسی ویسی شرارت کر دی تو پٹائی ہوگی ——"

آج اس کی بارہ سالہ زندگی کا پہلا واقعہ تھا کہ زمیندار کی حویلی کے درشن کرنے جا رہا تھا۔ ماں اس لئے بھی اسے بچا بچا کر رکھتی تھی کہ کسی کی نظر نہ پڑ جائے اور اوپر کے کام کے بہانے ابھی سے اسے چھین لیا جائے۔ بندو اس کی جان تھا۔ ایمان تھا۔ اور بندو بھی ماں کا دیوانہ۔

باپ کا کھانا لے کر جب وہ حویلی میں پہونچا تو اس نے ایک عجیب و غریب منظر دیکھا —— حویلی کے ساتھ لگے ہوئے میدان میں باپ جھاڑو دے رہا تھا لیکن عجیب و غریب بات یہ نہیں تھی کہ باپ جھاڑو دے رہا تھا، عجیب و غریب بات یہ تھی کہ باپ کے پیٹھ کے پیچھے سے ہو کر ایک جھاڑو بندھی ہوئی تھی —— وہ جہاں بھی قدم رکھتا جھاڑو اس کے پیچھے پیچھے جاتی —— جب جھاڑو دے چکا اور کیاریوں کی صفائی کرنے

لگا تب بھی وہ جھاڑو یونہی بندھی لٹکی تھی۔

باپو ـــــ وہ کھانے کی پوٹلی رکھ کر حیرت سے بولا ـــــ "یہ تمہارے پیچھے جھاڑو کیوں لٹک رہی ہے ـــــ"

باپ نے بیحد لاپرواہی سے جواب دیا ـــــ "جہاں جہاں بھی میرے پاؤں اس پوتر دھرتی پر پڑتے ہیں، پیروں کا نقش چھوڑ جاتے ہیں، انہی ناپاک نشانوں کو مٹانے کے لئے مجھے یہ جھاڑو ہمیشہ باندھے رکھنی پڑتی ہے۔" پھر وہ جھلا کر بولا۔ مگر تجھے ان تمام باتوں سے غرض ـــــ؟ پاٹھ شالا گیا تھا یا نہیں ـــــ؟"

"نہیں ـــــ بندو جھلا کر بولا ـــــ پنسل ختم ہوگئی تھی، گروجی نے اسکول سے باہر بھگا دیا۔"

باپ جل کر بولا ـــــ "تو گھر جا کر مر ـــــ یہاں کیوں آیا مجھ سے سوال جواب کرنے ـــــ!"

بندو نے دوسری ہی بات کی ـــــ "باپو اور جو حویلی والوں کے پاؤں کے نشان پڑتے ہیں تو وہ سب بھی جھاڑو باندھ کر گھومتے ہیں کیا ـــــ؟"

باپ نے گھبرا کر ادھر اُدھر نظر ڈالی اور پھر اس خطرناک چھوکرے کی طرف گھور کر بولا ـــــ حرام زادے الٹا لٹکوائے گا کیا ـــــ نکل یہاں سے ـــــ"

بندو ذرا ڈر کر تھوڑی دور گیا ـــــ پھر کھڑا ہو گیا وہیں سے بولا ـــــ

"باپو میں بڑا ہو جاؤں گا تو زمیندار کی کمر سے جھاڑو بندھوا دوں گا ـــــ"

باپ رے..... حرام زادے ـــــ ٹھہر تو سہی۔" باپ نے ایک پتھر اٹھا کر زور سے بیٹے کی طرف اچھالا ـــــ بندو تو ہٹ گیا، قسمت سے اسی وقت زمیندار کا بڑا بیٹا وہاں آ نکلا اور پتھر سیدھا اُس کے ماتھے سے جا لگا ـــــ

"مر گیا ـــــ" کہتے ہی وہ دوہرا ہو گیا۔ پورے باڑے میں ہلڑ مچ گئی ـــــ مرد عورتیں، مالک نوکر سبھی نکل آئے ـــــ ایک جھاڑو کے پیچھے بندو کھڑا سارا تماشا دیکھتا رہا۔

"کیوں بے کلو ۔۔" ایک بارعب آدمی نے بندو کے باپ کو مخاطب کیا ۔۔ " یہ ہم کیا دیکھ رہے ہیں ۔۔" اور ساتھ ہی ہاتھ میں پکڑی ہوئی چھڑی زور سے اس کے ماری ۔ " کلو تڑپ کر بولا ۔۔ سرکار مائی باپ غلطی ہوگئی ۔۔ م ۔ م ۔ میں اصل میں اپنے چھوکرے کو مار رہا تھا کہ ......

تیرا چھوکرا مر بھی جائے تو ہمارا کیا بگڑ جائے گا ۔ سوال تو ہمارے بیٹے کا ہے ۔۔" پھر انھوں نے گردن گھما کر آواز دی ۔۔

"اس کو اپنے بیٹے اور ہمارے بیٹے میں فرق نہیں دکھتا ۔۔ ذرا اسکی آنکھوں میں لال سرمہ تو لگاؤ تاکہ آنکھیں روشن ہو جائیں ۔۔"

ایک نوکر جھٹ پٹ دوڑ کر پڑیا میں کچھ لے آیا ۔۔ دونوکروں نے پکڑ کر کلو کو لٹایا اور اس کی آنکھوں میں چٹکی چٹکی بھر پسی ہوئی لال مرچ جھونک دی۔

کلو ہائے ہائے کرکے کٹے ہوئے مرغ کی طرح اچھلنے لگا اور سب تماشہ دیکھ دیکھ کر ہنسنے لگے ۔۔ بندو تڑپ کر سامنے نکلا اور سیدھا زمیندار کے سامنے آکر بے باکی سے بولا ۔ " چھوٹے سرکار کو پتھر لگا ضرور تھا، مگر خون تھوڑی نکلا ۔"

" اچھا ۔۔ زمیندار نے اسے سر سے لے کر پاؤں تک دیکھتے ہوئے کہا ۔" تو آپ عدالت لگانے آئے ہیں ۔"......

ابھی وہ کچھ حکم دینے ہی والے تھے کہ کلو اپنی آنسو برساتی آنکھیں آدھی کھلی، آدھی بند بےحد زور سے چیختا گالیاں بکتا اٹھا اور گالیوں کے ساتھ لاتوں اور گھونسوں سے بندو کو زمین پر ڈھیر کر دیا ۔

" حرام زادے سور کے جنے ۔ تصور تو قصور اوپر سے زبان کھولتا ہے ۔ آج تیری ہڈیوں کا چورا نہ کر دوں تو کلو نام نہیں ۔۔"

زمیندار بیٹے کا ہاتھ تھام کر حویلی میں چلے گئے — دوسرے لوگوں نے کلّو کو روکا۔ "ارے ناحق مرجائے گا۔ بس کر دے۔ بچہ ہی تو ہے —"

رات کو نمک ملے گرم پانی سے شوہر کی آنکھوں پر ٹکور کرتے کرتے بندو کی ماں بولی —

" ایسے زمیندار کی نوکری ہی کیوں کرتے ہو جی جو راکھشش ہے۔ بھلا یوں آنکھوں میں کوئی مرچی بھرواتا ہے —"

کلّو پھر بندو پر لپکا — "یہ اس حرامزادے نے تجھ سے سب کہا ہوگا نا —؟ اس سے آگے ہزار بار میں نے جوتے کھائے۔ گالیاں کھائیں۔ اُلٹا لٹکوایا گیا — آنکھوں میں مرچیں بھینیں — کبھی تجھ سے کچھ کہا — یہ آج اس حرامزادے نے پہلی بار آتے ہی ایسا تماشا کیا! اسکو سالے کو زندہ نہ چھوڑونگا۔"

دونوں لڑکیاں دبک کر کونوں میں ہوگئیں۔ ماں ہاں ہاں کرتی رہی، مگر کلّو پھر بندو پر جھپٹ گیا۔ بندو مار کھاتا رہا جب باپ خود ہی تھک گیا تو بندو بدتمیزی سے بولا۔ "بڑے بہادر بنتے ہو تو ایک آدھ بار ایسی ٹھکائی زمیندار کی بھی کردینا —"

راجہ زادہ اشوک چکرورتی، شہر کے پلے بڑھے کالج کے پڑھے لکھے، جوانی پوری شہر میں گذری، لیکن باپ نے جب زمینداری سنبھالنے کا کہا تو انہیں بھی ایسی کوئی بُری بات نہ لگی۔ اچھی خاصی ترقی یافتہ زمینداری تھی — جدید سامان سے آراستہ — کھیتی باڑی کا کام ہل بیل سے بھی چلتا اور اب نیا نیا ٹریکٹر بھی آیا ہوا تھا۔ گھر کی کار تھی۔ گھوڑے تھے۔ بڑی سی حویلی تھی۔ شہر کی پڑھی لکھی برابری کی حیثیت والی لڑکی سے باپ نے شادی بھی کروا دی تھی۔ سبھی کچھ میسّر تھا۔

گاؤں میں رہے تو کیا ـــــ پھر جاگیر بھی کون بڑا تھا، اور گھر کی کار میسر تھی تو جب جی چاہے جا آ سکتے تھے۔ سو باپ کے کہے کو پورا کیا۔ اور پوری زمینداری باپ کے جیتے جی ہی سنبھال لی ـــ

اونچی حیثیت کے اور بھی کئی گھرانے گاؤں میں تھے مگر ان کی حیثیت مانی ہوئی تھی ـــ اسی طرح گاؤں غریبوں اور خاص طور سے ہریجنوں سے بھی بھرا پڑا تھا، مگر آزادی مل جانے کے باوجود بھی ان کا حال وہی پہلے جیسا تھا بلکہ پہلے سے بھی بدتر۔ کیونکہ پہلے تو بھی یہ بات تھی کہ انگریز سبھی کو ایک ہی لاٹھی سے ہانکتا تھا، اس کے لئے سبھی ہریجن تھے اور وہ سب کا آقا ـــ لیکن آزادی کے بعد اپنے ہی لوگ حاکم بن بیٹھے۔ اور بات بن بات آنکھیں نکالنے لگے ـــ

ایسے ہی سینکڑوں گھرانوں میں سے ایک کلو کا بھی تھا ـــ کئی ہریجن دوسرے اونچی ذات والوں کے گھروں اور کھیتوں میں کام کرتے تھے۔ کلو خوش نصیبی یا بد نصیبی سے اشوک رائے زادہ کی جاگیر تھا ـــ وہ اُن کے گھر بار، بڑی سی حویلی کے بھی متعدد کام کرتا اور کھیتوں پر بھی جاتا۔ قاعدے کے مطابق اس کی اولاد کو بھی اسی جگہ بعد میں کام ملنا چاہیے تھا جہاں وہ کرتا رہا تھا۔ اور اُس نے اپنے طور پر سوچ رکھا تھا کہ بندو کو دھیرے دھیرے سارے کاموں سے واقف کرواتا جائے گا، لیکن پہلے ہی دن آکر اس نے جس ڈھٹائی کا مظاہرہ کیا تھا اُس نے اندر ہی اندر اسے سہما دیا تھا ـــ

اُس دن کام پر جاتے ہوئے اس نے اپنی بیوی کو جتا دیا ـــ

"دیکھ آگے سے اب اس حرام زادے کو میرے پاس نہ حویلی پہ بھجوانا نہ کھیت پہ ـــ بن ناحق کو مصیبت" !

۱۷

"پاٹھ شالہ سے آکر کوئی کام بھی تو نہیں رہتا اُسے۔ کسی چھوٹے موٹے دھندے سے کیوں نہیں لگا دیتے۔ چار پیسے آہیں گے تو کچھ ہاتھ بھی کھلے گا۔ یہاں تو وہی، کسی دن آدھا پیٹ اور کسی دن فاقہ !"

کالو جھلا کر بولا — "آج ہی سارے جھگڑے نمٹانے ہیں کیا —— بعد میں سوچیں گے ——"

لیکن رکمنی نے اُسی وقت ایک چھوٹا موٹا دھندہ سوچ لیا تھا — اُس نے مارے شوق کے یونہی اپنے جھونپڑے کے پچھواڑے پھولوں کے پودے لگا رکھے تھے۔ کوئی کوئی عورت بڑی بھاگ بھری ہوتی ہے کہ اس کے ہاتھ کے لگائے پھل پھول خوب پھلتے ہیں۔ تھوڑے ہی ہفتوں میں پچھواڑا مہکنے لگا تھا — اُس نے سوچ لیا تھا کہ پھولوں کے گجرے بنا کر بندو کے ہاتھ بکوا دیا کرے گی —— مندر پر پھول چڑھانے والوں کی بہتات ہوتی ہے، سنیچر اور منگل کو تو خوب ہی پھول بکیں گے ——

پہلے ہی دن ایک ہنگامہ ہو گیا — ایک پنڈت جی نے بندو سے ایک گجرا خرید کر بھگوان کے چرنوں میں ارپت کر دیا — ایک پنڈت نے ایک مالا بھگوان کے گلے میں ڈال دی —— باقی ہار پھول بھی جلد ہی بک گئے —— جب جلدی جلدی پیسے سمیٹ کر خوشی سے باولا اتاولا بندو چلنے ہی کو تھا کہ ایک کرخت صورت والے آدمی نے اُسے گردن سے پکڑ لیا ——

"کیوں بے — ہمارا دھرم بھرشٹ کرے گا —"

دیکھتے ہی دیکھتے لوگوں کا ٹھٹ لگ گیا — جس آدمی نے اُسے گلے سے پکڑا تھا وہ حویلی میں زمیندار کا کرگا تھا۔ اور جس دن پتھر والی واردات

ہوئی تھی وہ بندو کو اکڑ کر بات کرتے ہوئے دیکھ چکا تھا ــــ

"یہ لونڈا آگے چل کر بہت حرام زادہ ثابت ہوگا، کیوں نہ اسے ابھی سے کچل دیا جائے"؟

"او چھوڑ ہو ل ــ" ایک نے بیچ میں دخل دیا ــ جس کا بیج ہے، اُس سے نبڑا جائے اس کا کیا ہے"

تیسرا بولا ــــ

"سالا ہریجن نیچ ذات ہو کر لونا کے پھول بیچتا ہے۔ بھگوان کی مورتی ناپاک نہ ہوگئی ہوگی اُس کی بلی ہی کیوں نہ دے دی جائے کہ بھگوان خوش ہو جائیں ــــ"

ذرا پڑھے لکھے ایک صاحب بولے ــــ "مگر اس کو پھول بیچنے کا آئیڈیا آیا کیسے ــ ؟"

"کیوں بے ــــ تجھے پھول بیچنے کو کون بولا ــ" ؟

ایک نے بندو کی گردن دبائی جو آگے ہی چوہا بنا کھڑا ہر ایک کی رنگ رنگ کی بولی سن رہا تھا ــــ وہ کچھ نہ بولا تو ایک نے پیچھے سے دھو کا جڑا ــــ "ابے بول ــ"

اُس نے اپنے خالی پیٹ کو تھپ تھپایا ــــ

"سالا بہرہ بنتا ہے ــ کوئی بولا ــ پیٹ بجا کر بتا رہا ہے منہ سے نہیں بول سکتا۔"

مقدمہ زمیندار کی عدالت میں پیش ہوا۔ بڑا نرم فیصلہ سنایا گیا ــــ

"جب تک باپ کا دباؤ اولاد پر نہ پڑے اولاد نہیں سدھر سکتی، اس لئے باپ کی ہی

تنبیہہ ہونی چاہیئے۔ پہلوان ——— زمیندار نے اپنے ایک سنڈے کی طرف اشارہ کیا ——— کلّو کو اپنی چارپائی کے نیچے ایک گھنٹے کے لئے سلادو ———

بہتر ہے سرکار ——— پہلوان سعادت مندی سے بولا ——— پھر سب کے سامنے ایک مضبوط پایوں والی چارپائی لائی گئی ——— کلّو کو زمین پر چیت لٹا کر دو پائے ہتھیلیوں پر اور دو پاؤں پر رکھے گئے۔ اور دھم سے پہلوان چارپائی پر چڑھ کودا ———

"ارے مرگیا ——— ارے مرگیا ———" چاروں پائے پہلوان کے وزن سے اس کی ہتھیلیوں اور پاؤں کو پیسنے لگے اور کلّو دہائیاں دینے لگا ———

بُندو نے اپنا غصّہ اور ابال روکنے کو اتنی زور سے اپنی مٹھیاں بھینچیں کہ اس کے ناخن ہتھیلیوں میں گڑھ گئے۔ اور باپ بیٹے دونوں کی ہتھیلیاں مہندی سے رنگ گئیں ———

کئی دنوں تک دونوں کے ہاتھوں کے زخم ہرے رہے ——— کلّو پھر بھی کام پہ جاتا رہا ——— بندو کا دل رفتہ رفتہ زندگی اور اس ماحول سے اُچاٹ ہوتا جارہا تھا۔ ماں سے وہ عجیب عجیب انہونی باتیں کرتا ——— ایسی باتیں جنھیں سن کر ماں اس کا منہ اپنے ہاتھوں بند کردیتی ——— پاٹھ شالہ سے آکر وہ یوں ہی ادھر اُدھر بھٹکتا رہتا ——— ایک دن وہ تالاب والے رامو چاچا کے ہاں جانکلا ——— وہ بھی ہریجن ہی تھے۔ بڑی محبت والے ——— یا کم سے کم بندو یہی سمجھتا تھا ——— وہ گیا تو دیکھ کر دنگ رہ گیا کہ چاچی تو کسی کام سے باہر گئی ہوئی تھیں اور رامو کاکا اپنی چھوٹی بیٹی کو گود میں لیئے اس کے پاؤں ٹیڑھے کرتا بیٹھا تھا اور بچّی تھی کہ چیخ چیخ کر روئے جارہی تھی ———

۲۰

"کاکا — یہ تم کیا کر رہے ہو؟ —" بندو کچھ سہم کر بولا —

"کچھ نہیں بٹیا — ذرا بس اس کے پاؤں ہی توڑ رہا ہوں —"

وہ مزید پٹیاں کستے ہوئے بولا۔ "دیکھ اتنے دن کی کوشش اب ذرا کچھ کامیاب ہو رہی ہے۔"

"مگر کیوں کاکا —" اب کے ذرا غصے سے بولا۔

"ارے بٹیا۔ بڑی ہو کر بھی کیا کرے گی — پہلے تو بیگار بھرے گی — تیرے میرے گھر کام کرے گی —" پھر اس سے بے خبر سننے والا بارہ تیرہ برس کا چھوکرا بہے کہے گیا —" پھر اس کے بستر سے اس کے بستر ہیں۔ اور آخر ہیں وہی کیڑے مکوڑوں کی زندگی — تو بٹیا اس سے اچھا ہے کہ معذور کر کے ڈال دو کہ کوئی بھی ترس کھا کر ایک دو سکے پھینک دے —"

بندو راموکاکا کے چہرے کو دیکھے گیا — دیکھے گیا — پھر دھیرے دھیرے بولا۔ "یہ دنیا میں امیر لوگ کہاں سے پیدا ہو گئے —"

وہ ہنسا — "ارے بٹیا جتنے امیر لوگ ہیں نا۔ یہ سب غریبوں کا پیسہ چھین چھین کر امیر ہو گئے ہیں —"

"مگر کاکا اپن لوگوں کے پاس تو پیسہ تھا ہی نہیں۔ پھر چھیننے کا سوال کہاں پیدا ہوتا ہے — ہو نہ ہو یہ خرابی بھگوان کی ہے —"

لڑکی بری طرح روئے جا رہی تھی — کاکا زور سے آخری پٹی لپیٹتے ہوئے بولا — "بھگوان کی ہو یا انسان کی — بٹیا اصل میں یہ سوال ایسا ٹیڑھا ہے کہ بھگوان خود بھی حل نہیں کر سکتا —"

بندو کا دل جیسے ننھی بچی کی پٹیوں میں خود بھی جکڑ کر رہ گیا —

۲۱

اُس دن تالاب کے پاس والے میدان میں چند لڑکے مل کر گلی ڈنڈا کھیل رہے تھے کہ بندو بھی جا نکلا — سب اونچی ذات والوں کے لڑکے تھے۔ زمیندار کا بیٹا بھی ان میں موجود تھا — سب کو پتہ تھا کہ بندو گلّی اڑانے میں طاق ہے۔ اُسے دیکھ کر ذرا سمٹ سے گئے —

اے بُندو — داؤ دیگا —" ایک لڑکا خوش دلی سے پکار کر بولا —

"مگر بے ایمانی نہیں کرنا — ہاں —" بندو بولا —

زمیندار کا بیٹا اُسے غصہ سے دیکھ کر بولا —

"تم لوگ اس کے ساتھ کھیلو گے —؟ ڈیڈی منع کرتے ہیں — یہ نیچ ذات کے لوگ۔ ان کے ساتھ اٹھنا بیٹھنا چاہیئے نہ کھیلنا —"

بندو کا منہ اُتر گیا — دوسرا بولا —

"ارے یار کھیل میں کیا حرج ہے۔ ہم کوئی اس کے ساتھ کھا پی رہے ہیں —؟"

چھوٹے سرکار بولے — "نہیں نہیں اُس کے ہاتھ کی چھوئی گلّی ہم چھوئیں گے تو ہم اور ہمارا دھرم بھرشٹ ہو جائے گا — دادی نانی نے منع کیا ہے —"

بندو یونہی کھڑا رہ گیا — کسی لڑکے نے گلی کو جو ڈنڈا رسید کیا تو وہ دور میدان میں جا گری۔ چھوٹے سرکار بولے —

"ئے بندو بہت دور گلّی جا کر گری ہے کون جائے — تو ہی دوڑ کر اٹھا لا۔"

"بندو ڈھٹائی سے بولا — اب میں اٹھا کر لاؤں گا تو گلّی ناپاک نہیں ہوگی — کھیلتا تو تم اور تمہارا دھرم بھرشٹ ہو جاتے —؟"

"حرام زادے زبان چلاتا ہے —" اور ایک کرارا چانٹا اس کے گال پر پڑا۔

ایک ہاتھ گال پر رکھ کر بُندو سیدھا چھوٹے سرکار کی آنکھوں میں دیکھتا ہوا

۲۲

بولا — "زمیندار کے بیٹے — میری ماں کہتی ہے کبھی بھی کسی سے قرض لو تو اُسے واپس کر دیا کرو۔ آج میں تمہارا یہ قرضہ سنبھال کر رکھ رہا ہوں — کبھی دن تمہیں ضرور واپس کروں گا — اور دُگنا تگنا کر کے — واپس کروں گا —

چاول اُن دنوں سونا ہوا جا رہا تھا — ویسے تو ہوش سنبھالنے پر بندو نے سدا جواری کی روٹی ہی کھائی تھی۔ سالن کی لگاون تو کم ہی نصیب ہوتی تھی۔ ہاں پیاز نمک اور مرچ ضرور مل جایا کرتی تھی۔ زندگی میں تینوں بھائی بہنوں نے کبھی کبھار ہی چاول دیکھے تھے۔ وہ بھی جب بڑے اور اونچی ذات کے گھرانوں میں کسی کی شادی یا موت ہوتی اور نیچ ذات والوں کو پُن کمانے کی خاطر کھلایا جاتا تب —

فصلیں کٹ کر گھر میں آ رہی تھیں۔ بڑی چوکسی سے اناج کی صفائی ہوتی اور سال بھر کے لئے گوداموں میں اسٹور کروایا جاتا — ایک دن بہت رات پڑے بھی باپو گھر نہ لوٹا تو محبت کا مارا بندو باپ کی خبر لینے ماں کی چوری سے حویلی جا پہونچا — مگر دور ہی سے، جھاڑ کی آڑ سے — دیکھتا رہا۔ پہلے تو اُس کی سمجھ ہی میں نہ آیا کہ آیا یہ کیا ماجرا ہے پھر ذرا غور سے دیکھا تو کچھ بات پلّے پڑی —

باپو کے دونوں پیروں میں موٹی موٹی زنجیریں بندھی ہوئی تھیں اور زنجیروں کے ساتھ بڑے بڑے دو پتھر گھسیٹتے ہوئے چلتے — یہ تو اُس نے دیکھ لیا کہ پتھر بندھے ہوئے ہیں، مگر کیوں بندھے ہوئے ہیں یہ وہ نہ سمجھ پایا۔ اور باپو ایسا بے زبان جانور تھا کہ باہر کی بات، گھر میں آکر بولتا ہی نہ تھا۔۔ بس کام سے آتے، منہ ہاتھ دھوتے — کھانا کھایا اور کمبل اوڑھ کر سو رہتے۔

۲۳

—ختم — صبح ہوئی پھر دہی پرانا چکّر —

آس پاس کچھ کھٹر پٹر ہوئی تو تیندو بندر کی سی پھرتی سے تبارٹ پر چڑھ گیا۔
— زمیندار کا منشی آیا — پھر ایک ایک پر گرجا برسا۔ سب کا حساب کتاب صاف کیا — پھر ایک نوکر کو بلا کر کہا — "کلّو کی تلاشی لے کر چاول باندھ کر کہیں کھٹر پٹر میں چھپا تو نہیں رکھے —"

جب نوکر تلاشی لے کر بول چکا کہ اُس کے پاس کچھ نہیں ہے تو اسے حکم ملا کہ اب گھر جائے —

کلّو مسمسی سی صورت بنا کر آگے کی اور جھکا اور منشی کے پیر چھو کر بولا۔

"مائی باپ — میں تو برسوں کا پرانا نمک کھانے والا آدمی ہوں — اب بھی مجھ پر بھروسہ نہیں۔ روز وزنی زنجیریں اور پتھر باندھنے سے میرے ٹخنے اور پیر چھل گئے ہیں۔ میں سچ کہتا ہوں حضور میں چاول کا ایک دانہ بھی کبھی گھر نہیں لے جاؤں گا مگر یہ سزا ختم کر دیں —"

"ابے چل چل — ہم نے کئی ایسے شاطر چور دیکھے ہیں جو طرح طرح سے چوری کرتے ہیں اسی لئے سرکار نے یہ طریقہ ایجاد کیا ہے — زنجیر پیروں میں کھینچتی بھی ہے اور پتھروں سے بندھی ہونے سے وزنی بھی ہو جاتی ہے تو کوئی بھاگ نہیں سکتا۔ چوری نہیں کر سکتا۔ سمجھا حرام خور......

کلّو سر ہلا کر رہ گیا — بندھوا کا سارا خون اس کی آنکھوں میں اتر آیا — مگر قدرت کلّو پر مہربان تھی۔ اس رات موت نے ایسی زنجیر اس کے پیروں میں باندھی کہ زندگی پھر اُسے کبھی نگھسیٹ نہ سکی —

اور وہ دن ایک ایسا دن تھا جس دن زندگی نے ایک نیا موڑ لیا — !

برسات کا مہربان پانی بنجر اور زرخیز زمین دونوں پر ایک ساتھ برستا ہے — غریب ہو یا امیر، جوانی ہر ایک کے چہرے پر بغیر تخصیص گلال بکھیر دیتی ہے — بندو تینوں میں سب سے چھوٹا تھا — دونوں بہنیں ابھی اتنی بڑی تو نہ تھیں لیکن غریبی کی مشقت کچھ جلد ہی ہاتھ پاؤں کھول دیتی ہے — تانی بڑی تھی اور رجّی چھوٹی۔ دونوں جنگل سے لکڑیاں کاٹنے جاتی تھیں۔ بڑا لمبا کرلا کے محلے گاؤں میں، ہاٹ بھرتا تو اور دوسری ہر جین عورتوں کی طرح طرح بیچنے آتی تھیں —

اُس دن بندو تانی اور رجّی کے ساتھ لکڑیاں کاٹنے گیا ہوا تھا — کلہاڑی لے کر وہ جھاڑ پہ چڑھا ہوا تھا۔ نیچے تانی اور رجّی لکڑیاں جمع کر رہی تھیں۔ لکڑیاں بہت سی جمع ہو گئیں تو رجّی بولی۔ "اتنی لکڑیاں تو ہم سے اٹھیں گی نہیں۔ میں بابا کو بلا کر لاتی ہوں —"

رجّی کے جانے کے بعد ہی ٹپر ٹپر گھوڑے کی ٹاپیں سنائی دیں اور ٹھیک اس جھاڑ کے نیچے گھوڑا آ کر ٹھہر گیا — گھوڑے پر زمیندار بیٹھا ہوا تھا —

تانی کو دیکھ کر زمیندار یونہی بیٹھا کا بیٹھا رہ گیا۔ اس کی آنکھیں مارے ہوس کے پھیل کر رہ گئیں۔ تانی ایک انجانے خوف کے مارے ہٹتے ہٹتے جھاڑ کے تنے سے جا لگی — ماحول کا تناؤ کم کرنے وہ ڈری ڈری سی آواز میں یونہی بولی —

"م — م — میں لکڑیاں سمیٹنے آئی ہوں —"

زمیندار ایک مکاری ہنسی ہنس کر بولا — "ہم بھی تو کچھ سمیٹنے ہی یہاں رکے ہیں" پھر وہ گھوڑے سے نیچے اتر آیا — جانے کتنے لمحے یونہی شکاری اپنے شکار کو تکتا رہا کہ دور سے کسی کو آتا دیکھ کر تانی ذرا جرأت پا کر چلائی —

"ماں —"!

رکمنی تیز تیز قدم اٹھاتی آئی اور قریب آکر ٹھٹھک کر رہ گئی — رجّی بھی یونہی سہمی کھڑی رہ گئی۔ زمیندار نے پلٹ کر دیکھا اور ہنس کر بولا —

"جوان جوان چھوکریوں کی ماں بھی اتنی جوان اور دلکش ہو سکتی ہے —؟ واہ بھئی واہ۔ لو پھر پہلے شاخ کا ہی حساب صاف کر لیں — ٹہنیوں سے بعد میں نپٹتے رہیں گے —"

جیسے ہی زمیندار نے رکمنی کی ساڑی کا پلو کھینچا۔ ادھر بندو نے اور نیچے لڑکیوں نے منہ پھیر لیے — ماں چیخی چلّائی —

"بھگوان کے لیے مجھ پر رحم کرو — میری بیوگی پر ترس کھاؤ — میرے اپنے بچوں کے سامنے مجھے ننگی نہ کرو —"

لیکن شیطان آج ساری رسیاں تڑا چکا تھا — ماں سے نپٹ کر وہ تانی کی طرف مڑا — اسے ایک پھول کی طرح اٹھا کر اپنے کندھے پر ڈالا اور گھوڑے پر بیٹھا، یہ جا وہ جا — چمپت ہو گیا —

کتنا عجیب حادثہ تھا — وہ اوپر بیٹھا دیکھتا رہا — ہاتھ پیروں میں ہلنے بھر کی بھی سکت نہ رہ گئی تھی — ماں پھر دھیرے دھیرے اٹھی — اپنے کپڑے برابر کیے۔ چھوٹی بیٹی کا ہاتھ پکڑا — سامنے والے کنوئیں کی گگر پر پڑی کی اشارے سے بیٹی سے کہا ایک ڈول پانی کھینچ — جب وہ پانی کھینچنے کو جھکی تو اسے دھکا دے کر کنوئیں میں گرا دیا اور دوسرے ہی لمحے خود بھی کنوئیں میں کود پڑی —

دوسرے دن گاؤں کے ایک اور کنوئیں سے تانی کی بھی لاش ملی —

۲۶

پتہ نہیں زمیندار نے ڈلوا دیا تھا یا وہ غیرت کے بارے خود ہی کود گئی تھی ——
لیکن جب اس سے رامو کاکا نے روتے روتے پوچھا تھا ——
"بیٹا تیرا تو سب گھر بار ہی ایک ساتھ اجڑ گیا۔ ماں بھی دونوں بہنیں بھی۔
اب تو کہاں جائے گا ——"
تو وہ پاگلوں کی طرح منہ اٹھائے تکتا رہا ——
لیکن اس رات جب سارا گاؤں نیند کے مزے لوٹ رہا تھا —— وہ ہر قسم کے ڈر سے، خوف سے بے پرواہ منہ اٹھا کے ایک طرف چل دیا ——
جہاں بھی قسمت لے جائے —— !

شہر نے بھی اُس سے کوئی بہت خوبصورت سلوک نہیں کیا —— فاقے دھکے، جوتے ہر ذلت اس کا مقدر بنی ساتھ پھرتی رہی —— مگر گاؤں میں ہر جگہ جو اچھوت اور ہریجن کہہ کہہ کر اُسے اس کے ماں باپ اور گھر والوں کو دھتکارا جاتا تھا، اس سے کسی حد تک یہاں چھٹکارا مل گیا تھا، کیونکہ اتنے بڑے شہر میں کون کسے پہچاننے اور پوچھنے چلا تھا —— لیکن اچھوت ہونے کی جو چھاپ اُس کے ماتھے اور زندگی پر لگ چکی تھی وہ اُسے دھو دینا چاہتا تھا —— تو وہ کم عمر لیکن یہ بات اُس نے اچھی طرح جان لی تھی کہ اس کی زندگی کا سب سے بڑا روگ ہی یہ تھا کہ وہ اچھوت تھا —— اور اب اُس نے اپنے آپ کو جتا دیا تھا کہ بیٹا اگر کہیں بھی، کوئی بھی تم سے پوچھے کہ تم کون ہو تو صاف کہہ دینا کہ میں برہمن ہوں۔
—— نام بدلنے کو کون سے ہاتھی گھوڑے لگتے ہیں —— ؟ کوئی تمہارے اندر تو جھانک کر نہیں دیکھتا نا کہ تمہاری ذات کیا ہے۔ —— ؟

۲

اور اُس دن سے اُس نے اپنا چلن سا بنا لیا ــــ چلتے پھرتے سوتے جاگتے، اٹھتے بیٹھتے بس ایک سبق اپنے آپ کو سکھلائے جاتا ــــ

"میں اچھوت نہیں ہوں"

"میں اچھوت نہیں ہوں"

"میں اچھوت نہیں ہوں ــــ"

وقت کے نقارے پر کچھ اور چوٹیں پڑیں اور دنیا میں دیکھے جانے والے چند اور ایسے خوابوں کا اضافہ ہو گیا جن کی کوئی خوبصورت تعبیر نہیں ملتی ــــ اندھی آنکھوں کے بے رنگ خواب ــــ جلتی جوانی کے ننگے خواب ــــ!

یہ آنکھیں بندو کی آنکھیں تھیں ــــ جو خواب دیسے بھی کم دیکھتی تھیں اور اپنے ارد گرد پھیلی ہوئی ناانصافی زیادہ ــــ

بہت دنوں سے وہ قلی، مزدوری، بھاڑا بوجھ ڈھوتے ڈھوتے بیزار سا ہو گیا تھا، کیونکہ شہر کی بات اور اصول ــــ ہر جگہ اپنے اپنے آدمی لگے رہتے تھے ــــ نئے آدمی کو گھسنے نہیں دیا جاتا تھا۔ اسی لئے کچھ دنوں سے وہ ایک ہاتھ گاڑی والے کے ساتھ لگ گیا تھا ــــ وزنی وزنی بوجھ ڈھوتے اس کی کمر ٹوٹنے لگتی ــــ آنکھوں میں اندھیرا چھانے لگتا، لیکن وہ جٹے جا رہا تھا جتنے پیسے ملتے وہ اپنی ڈاب میں سنبھال کر رکھے جاتا ــــ بھوک بہت زور کرتی تو چند پیسوں کے چنے پھانک لیتا یا سستے قسم کی ہوٹل میں کم سے کم پیسوں میں پیٹ کی دوزخ بھر لیتا ــــ

ایک دن وزن کی زیادتی اور بھوک کے غلبے نے ایسا زور کیا کہ وہ چکرا کر گر پڑا۔ اسے پتہ نہیں بعد میں کیا ہوا کیونکہ وہ بے ہوش ہو چکا تھا ـــــ لیکن ہوش آیا تو خود پر ایک بہت بوڑھے اور مہربان چہرے کو جھکا پایا ـــــ

"شکر ہے تم ہوش میں آ گئے بیٹا ـــــ" وہ اجنبی بوڑھا خوش ہو کر بولا۔ میں تو گھبرا ہی گیا تھا ـــــ تم کون ہو بیٹا ـــــ کہاں کے رہنے......" لیکن بوڑھے کی بات پوری ہونے سے پہلے ہی وہ تیزی سے بول اٹھا ـــــ

"میں اچھوت نہیں ہوں ـــــ"

بوڑھے نے حد درجہ حیرت سے اسے دیکھا ـــــ دیکھتا ہی گیا ـــــ اچانک بندو کو احساس ہوا کہ وہ غلط جگہ غلط جواب دے گیا ہے ـــــ کچھ شرمندہ سا ہو کر بولا۔

"میں ایک مزدور ہوں بابا ـــــ مگر آپ کون ہیں ـــــ"

"میں ایک بڈھا ہوں بیٹا ـــــ" بوڑھا نرمی سے ہنسا ـــــ" اور بوڑھے جب اور بوڑھے ہو جاتے ہیں اور کسی بے سہارا کو سڑک پر بے ہوش دیکھ لیتے ہیں تو اسے اپنا بیٹا بنا لیا کرتے ہیں ـــــ"

یہ محبت ـــــ یہ خلوص ـــــ یہ انسانیت تو اسے زندگی میں آج تک کبھی نہیں ملی تھی۔ یہ فرشتہ کون تھا جو اتنے سالوں اس کی زندگی سے دور رہا تھا ـــــ وہ تڑپ کر اٹھ بیٹھا ـــــ وہ اس محبت بھری شخصیت سے لپٹنے کو بے قرار ہو اٹھا کچھ آگے بھی بڑھا لیکن اس صاف ستھرے سنہرے بوڑھے کو دیکھ کر اس نے اپنے میلے کچیلے وجود کو دیکھا اور ٹھٹھک کر رہ گیا ـــــ

بوڑھا اچانک اٹھا اور اسے گلے لگا کر محبت سے بولا ـــــ "تن کا میل کوئی چیز نہیں ہے بیٹا بڑی بات یہ ہے کہ من میلا نہ ہو ـــــ"

۲۹

زندگی میں پہلی بار چوبیس سالہ بندو بچّوں کی طرح پھوٹ پھوٹ کر رو دیا ——

بوڑھے بابا نے سڑک سے اسے بے ہوشی کی حالت میں اٹھایا تھا اور واقعی بابا نے اُسے ہوش عطا کر دیا —— بابا کے ساتھ رہ کر اُس نے زندگی کا صحیح روپ دیکھا۔ نیکی اور انسانیت کی صحیح اقدار کو پرکھا —— وہ اکثر سوچتا۔ "زندگی میں مجھے بابا نہ ملتے تو میں کتنا ادھورا بکھرا بکھرا اور ٹوٹا ہوا رہتا ——"

بابا جب کبھی نماز پڑھتا، جب کبھی قرآن شریف پڑھتا اور بعید عجز و انکساری سے خدا کے حضور گڑگڑاتا، بندو اسے سخت حیرت اور تعجب سے دیکھتا —— دیکھے جاتا —— "بابا ——" ایک دن وہ بولا —— "میں نے آپ سی کوئی شخصیت نہیں دیکھی" بابا نے قرآن شریف جزدان میں لپیٹ کر رکھا اور مسکرا دیا —— جیسے پوچھتا ہو —— ایسی کیا انوکھی بات ہے مجھ میں ——؟

"بابا میں سمجھتا ہوں کہ ہم انسان —— عبادت کو بطور سکّے کے استعمال کرتے ہیں۔ ہم عبادت اور پوجا اسی لئے تو کرتے ہیں کہ جواب میں ہمیں خدا، بھگوان جو مانگیں دے دیتا ہے۔ جیسے کسی بھی دوکاندار کو آپ سکّہ دے کر کوئی سی چیز خرید لیتے ہیں۔ اسی طرح ہم عبادت اس لئے نہیں کرتے کہ ہمیں اوپر والے سے کوئی لگاؤ یا محبت یا عقیدت ہے، بس دین لین کا سا معاملہ ہے —— وہ ہنسا —— لیکن بابا آپ ...... آپ عبادت کو صرف عبادت سمجھ کر ادا کرتے ہیں —— میں نے آپ کو بدلے میں خدا سے کچھ مانگتے نہیں دیکھا ——"!

بابا نے ہنس کر اسے دیکھا —— "خدا ہمیں کچھ نہ دے، تو بھی کیا یہ بات کافی نہیں ہے کہ جتنی بھی دیر ہم خدا کے حضور میں رہتے ہیں اُس سے قریب رہتے ہیں ——"!!

بابا — لرزتی ہوئی آواز میں بندو بولا — "میں نے نہ کبھی مندروں میں جھانکا نہ بھگوان کی مورتیوں کو ہی دیکھا — لیکن اب کبھی کبھی میرا جی چاہتا ہے کہ آپ کو...... آپ کو..... آگے وہ کچھ نہ کہہ سکا —

کبھی بار آنسو بھی تو زبان کا حق ادا کر دیتے ہیں — ؟

بندو کو بابا اپنے ہی جھونپڑے میں اٹھا لائے تھے — بندو کو سخت شرم آتی تھی کہ بوڑھا بابا خود ہی گھر کا سارا کام کرتے، کھانا بھی پکاتے اور ایک ماں کی طرح کھانا پروس کر بندو کو آواز دیتے —

"میاں، پہلے کھانا کھالے — پڑھائی لکھائی بعد میں ہوتی رہے گی —"

حد یہ کہ سارا خرچہ وہی اٹھا رہے تھے —

دن بھر بندو لوہے کا بھنگار کچرا، ہاتھ گاڑی میں ادھر سے ادھر کرتا رہتا۔ رات کو کام سے لوٹتا تو خالی وقت میں پڑھتا رہتا — اپنی تکلیفیں وہ بچپن کی یادوں میں سب سے تلخ یاد اس کے ذہن کو یہ ڈستی تھی کہ وہ اچھی طرح تعلیم بھی حاصل نہ کر سکا تھا —

دو دن پہلے انگلی پہ ہتھوڑی لگ جانے کی وجہ سے بابا کے ہاتھ پہ سوجن آگئی تھی، اور بندو سخت شرم محسوس کر رہا تھا کہ اس حالت میں بھی بابا ہی کام کریں۔ — وہ مستعدی سے جٹا ہوا تھا۔

"بابا آج آپ میرا کمال دیکھئے — ایسی بڑھیا روٹی کھلاؤں گا کہ بس —"

اس نے پتیلی میں آٹا نکال کر بھر لوٹا پانی اس میں جھونک دیا اور بے حد پریشان ہو گیا کہ پتیلی سے آٹا تو جانے کدھر غائب ہو گیا تھا صرف پانی ہی پانی موجیں مار رہا تھا — بابا بڑی سنجیدگی سے بولا۔

۳۱

" میاں میرے خیال سے تم کھیر بہت اچھی پکا لیتے ہوگے ___"

ہندو پہلے تو تھوڑی دیر سر کھجایا کیا اور پھر کتاب اس طرح لیکر بیٹھ گیا کہ کتاب سے اس کا چہرہ چھپ گیا۔ بابا مسکرا مسکرا کر اسے دیکھتا اور اپنا کام کرتا رہا ___ بڑی دیر بعد ہندو بولا ___

" بابا اب بہت جلد میں بیحد امیر بن جاؤں گا اور سب سے پہلے کھانا پکانے کے لیے ایک نوکر رکھوں گا ___"

" انشاء اللہ" ___ بابا نے بہت دلجمعی کے ساتھ کہا ___

" ہاں ہاں انشاء اللہ کہنا میں بھول گیا تھا ___

انشاء اللہ ___ انشاء اللہ ___ .... کچھ دیر رک کر وہ بولا ___ " مگر بابا ایک بات ہے۔ آپ نے بتایا تھا کہ انشاء اللہ کا مطلب ہے اللہ نے چاہا تو ...... تو اگر کبھی اللہ میاں کا موڈ بدل گیا اور ان کا دل چاہے ہی نا، تو پھر اپن امیر کیسے بنیں گے بابا؟

بابا ہنس پڑا ___ بڑے پیار سے بولا ___ " ارے پگلے اللہ میاں نے قرآن شریف میں وعدہ فرمایا ہے کہ " ہم محنت کرنے والوں کا اجر ضائع نہیں کرتے" یعنی جو محنت کریگا اس کا پھل اسے ضرور دیں گے، تو تو جو دن رات محنت کر رہا ہے تو کیا یہ یونہی رائیگاں چلی جائے گی ___"؟

اک دم ہندو تیزی سے اٹھا اور اوپر لکڑے کی پٹی پر رکھی ہوئی اپنی پوٹلی نکال کر بابا کے پاس آکر بیٹھ گیا ___

" بابا دیکھئے اب تو کافی روپے جمع ہو گئے ہیں، کل ہی گن کر رکھے ہیں۔ ___ پورے دو سو چودہ ہیں۔ اب اس سے ایک زوردار بزنس شروع کر دینا چاہئے۔

" ہاں بیٹا میں بھی یہی کہنے والا تھا کہ سب سے اچھی روزی خود مختاری کی۔

بھلا کب تک دوسروں کے بوجھے ڈھوتا رہے گا۔ ایسا کر تو قسطوں پر ایک ہاتھ گاڑی خرید لے اور یہاں وہاں سے لوہے کا کچرا، لنگڑا لوٹا خرید کر، اچھے داموں بیچنا شروع کر دے ۔۔۔"

بندو بُرا مان گیا ۔۔۔ "ارے واہ بابا آپ نے بھی خوب بزنس بتایا۔ پرسوں ہی میں نے یہ نیا شرٹ اور نئی لنگی خریدی ہے، اس نئے جوڑے کو پہن کر بھی میں ہاتھ گاڑی گھسیٹوں اور لوہے کا کچرا جمع کرتا پھروں ۔۔۔"؟

"میاں ۔۔۔!" بابا نے بے حد نرمی سے سمجھایا ۔۔۔ کوئی بھی دھندہ حقیر نہیں ہوتا مجھے دیکھو جوتے گانٹھتا ہوں ۔۔۔ موچی بابا کہلاتا ہوں۔ اس سے کیا میری ذات گھٹ گئی۔۔۔۔ بابا یہ خیال تو بہت سے دل میں بھی پہلے کئی بار آیا تھا ۔۔۔ کہنے کی ہمت نہ پڑی کہ آپ کو جوتے گانٹھنے بُرا نہیں لگتا ۔۔۔"؟

بابا نے سر اُٹھا کر ترس بھری نظروں سے اُسے دیکھا۔

"اچھا ہی ہے نا بیٹا، جوتے ہی تو گانٹھتا ہوں نا؟ لوگوں کے پیروں پر ہی نظر رہتی ہے نا ۔۔۔؟ جو کام کسی فرد کو بھی پسند ہے، تم نے دیکھا ہوگا، ماتھا آنکھیں اور منہ تو اونچائی پر ہوتے ہیں۔ مگر عقیدت کے اظہار کے لئے چھوا قدموں ہی کو جاتا ہے۔ بندو کچھ نہ بولا بڑی عقیدتمندانہ نظروں سے بابا کو دیکھے گیا ۔۔۔" اور بیٹا لوہے کا دھندہ کرنے کو اس لیے کہتا ہوں کہ خدا نے فرمایا ہے کہ ہم نے تمہارے لیے لوہے میں بہت سے فائدے رکھے ہیں ۔۔۔"

بندو ہنس کر بولا ۔۔۔ "بابا آپ نے مجھے آدھا مسلمان تو کر ہی دیا۔ چلیے آپ کی یہ بات بھی مان لیتے ہیں ۔۔۔"

یہ حقیقت ہے کہ خدا محنت کرنے والوں کا ساتھ دیتا ہے ۔۔۔ میلی لنگی پھٹے شرٹ میں دھاروں دھار پسینے میں ڈوبے ڈوبے ہاتھ گاڑی چلاتے ہوئے بندو نے ترقی کی ایک اور منزل سر کرلی ۔۔۔ ایک جگہ بھنگار میں سستے داموں بہت سا لوہا مل گیا۔ ان دنوں لوہے کا بھاؤ نیچا جا رہا تھا ۔۔۔ بابا نے ہی مشورہ دیا کہ جھونپڑے کے سامنے والی خالی زمین میں مال خرید خرید کر جمع کرتے جاؤ۔ جب بھاؤ اونچا جائے تب نکال دینا ۔۔۔ ایک ہی ہلّے میں بندو کے پاس ہاتھ گاڑی سے تین پہیوں والا ٹمپو آ گیا ۔۔۔ لنگی پتلون سے بدل گئی اور چہرے چہرے سے اسے دیکھ کر اندازہ نہیں ہوتا تھا کہ یہ کسی نیچ ذات کا آدمی ہے ۔۔۔

بندو نے بابا کا ساتھ پھر بھی نہ چھوڑا ۔۔۔

" بابا ۔۔۔ ٹمپو میں بیٹھا ہوا میں کیسا لگتا ہوں ۔۔۔ "؟ اس دن بندو نے ذرا شرارت سے اکڑ کر بابا سے پوچھا ۔۔۔

" میاں ۔۔۔ بس خدا کا شکر ادا کیا کرو ۔۔۔ وہ جسے چاہے عزت دے ۔۔۔ "

بندو ٹمپو سے کود کر اترا بابا کے گلے سے بچوں کی طرح جھول گیا ۔۔۔

" بابا تین سالوں کی محنت ہی میں ہم کہاں سے کہاں پہنچ گئے ۔۔۔ بابا اب اپن ایک اچھا والا گھر لے لیں گے ۔۔۔ "

بابا نے ہاتھ اٹھا کر انکاری انداز میں سر ہلا دیا ۔۔۔

" اپن نہیں ۔۔۔ تم ۔۔۔ "

" ارے واہ بابا ۔۔۔ بندو روہانسا ہو گیا۔ آپ کے بغیر نیا گھر تو کیا میں سورگ میں بھی نہ جاؤں "

بابا اسے پیار سے اپنے بازو میں بٹھاتے ہوئے بولا ۔۔۔

دیکھ بیٹیا ـــ میں بڈھا آدمی اسی کونے میں اللہ اللہ کرتا ٹھیک ہوں ـــ تو جوان آدمی ہے نیا گھر ہے، چار دن کو اللہ موٹر دیگا۔ شادی کرنا۔ بال بچے ہوں گے ـــ میں یہیں سے تیرے لیئے بیٹھے بیٹھے دعا کیا کروں گا ـــ"

بابا دور اشارہ کر کے آنکھوں میں آئے آنسوؤں کو پینے کی کوشش کرتے ہوئے بولا ـــ "یہاں رہوں گا تو دل کو یہ تسلی رہے گی کہ اپنی سکینہ سے قریب ہوں ـــ وہ قبر میں سہی، مجھے لگتا ہے مجھ سے قریب ہے۔ ہر بُرے وقت میں دکھ میں، آنسوؤں میں اس نے میرا ساتھ دیا ہے ـــ بس زندگی بھر اولاد کے لیئے ترستی رہی ـــ آج تو وہ بھی دیکھتی ہوگی کہ اللہ نے نہ صرف میری بلکہ اس کی بھی گود بھر دی ہے ـــ" اس نے زور سے بندو کو گلے سے لگا لیا ـــ

"اب آخری وقت میں اسے کیا چھوڑوں گا بیٹیا ـــ ویسے میں تیرے پاس آتا جاتا تو رہوں گا ہی ـــ" وہ ہنسنے کی ناکام کوشش کرتے ہوئے بولا ـــ

"بابا ـــ" بندو ڈرتے ڈرتے بولا ـــ "میں ماں کی قبر پر پھول ...... پھر وہ اچانک چپ رہ گیا ـــ

"ہاں ہاں کیوں نہیں ـــ بابا آنسو پونچھ کر بولا ـــ اسمیں پوچھنے کی کیا بات ہے ....

"بابا ـــ وہ زور سے چیخ مار کر بابا سے لپٹ گیا ـــ میں آج آپ کے سامنے اپنی زندگی کا ہر ہر ورق کھول کر رکھ دوں گا ـــ آپ اتنے مہان ہیں اتنے عظیم ہیں کہ آپ سے کوئی بھی بات چھپانا گناہ ہوگا ـــ جرم ہوگا ـــ بابا ـــ بابا ـــ وہ ذرا شانت ہو کر بولا ـــ" میں ـــ میں اچھوت ہوں"!!

بابا نے اُسے بے حد حیرت سے، بڑے اچنبھے سے دیکھا ـــ پھر سر ہلا کر بولا۔

"تو اس سے فرق کیا پڑتا ہے ـــ" ؟

بندو پاگلوں کی طرح دونوں ہاتھ ہلا کر بولا —

"تو بابا آپ کو اس سے کوئی فرق نہیں پڑتا —"؟ پھر وہ زور زور سے قہقہے لگانے لگا — "ارے بابا آپ بالکل بھولے ہیں اس سے بہت فرق پڑ جاتا ہے بابا —" جب کوئی انسان اچھوت بن کر پیدا ہو جاتا ہے نا بابا۔ تو اس کے لئے مندر کے دروازے بند ہو جاتے ہیں — کنوئیں کا پانی اس کے لئے حرام ہو جاتا ہے — چوری نہ بھی کرے تو اس کے پیروں میں موٹی موٹی زنجیریں باندھ دی جاتی ہیں — اور بابا اور تو اور کمر سے جھاڑو باندھ دی جاتی ہے کہ پاک دھرتی پر ناپاک قدموں کے نشان پڑ بھی جائیں تو مٹتے جائیں......

بابا حیرت سے بندو کو دیکھ رہا تھا۔ جو ہانپے جا رہا تھا۔ مگر مسلسل بولے جا رہا تھا۔

"بابا آپ کو نہیں پتہ اچھوت کے ہاتھ کی چھوئی ہوئی ہر چیز نجس، ناپاک اور گندی ہو جاتی ہے — لیکن بابا مزے کی بات یہ ہے کہ ہماری عورتوں کو، ہماری ماؤں بہنوں کو چھونے سے وہ لوگ ناپاک نہیں ہوتے......

بابا نے اٹھ کر ٹھنڈے پانی سے بھرا ہوا ایک کٹورہ اس کے منہ سے لگا دیا۔

پھر بندو نے اپنے ماضی کی ایک ایک چھوٹی سے چھوٹی واردات بابا کے سامنے کھول کر رکھ دی — بابا خاموش بیٹھا سنا کیا — بیچ بیچ میں وہ بندو کو گلے لگاتا جاتا یا پیٹھ تھپکنے لگتا —

جب دل کی پوری بھڑاس نکل چکی تو بندہ پُرسکون سا ہو کر بولا —

"بابا میں سمجھ رہا تھا کہ یہ سب سُن کر اور یہ جان کر کہ میں ایک نیچ ذات سے ہوں آپ مجھ سے نفرت کرنے لگیں گے —"

بابا مسکرایا بڑی دانشمندانہ مسکراہٹ —

پھر بولا — "بیٹیا کوئی چھوٹا ہے نا بڑا — انسان کا اوّل بھی مٹی ہے آخر بھی مٹی — سب ایک طرح پیدا ہوئے ایک ہی طرح مریں گے — اس میں بڑائی چھوٹائی کہاں سے آگئی؟"

بندو کی نظروں میں بابا آکاش سے بھی اونچا ہو گیا —

اس دن بندو بہت ہی خوش خوش باہر سے لوٹا اور آتے ہی بابا سے لپٹ کر بولا — "بابا بس آپ کا آشیرواد چاہئے۔ آج ایک ایسا آرڈر ملنے کی امید ہے کہ بس آر یا پار —"

بابا مسکرایا — "وہ تو اللہ کے فضل سے تجھے مل ہی جائے گا — لیکن اب اس کے بعد سب سے پہلا کام تیری شادی ہوگی —"

"شادی —" بندو حیرت سے بولا — "وہ کیوں بابا —"

"ارے میاں شادی ہوگی تو گھر بار ہوگا، بال بچے ہوں گے — یہی تو اصلی زندگی ہے —"

اک دم بندو سنجیدہ ہو گیا — "نہیں بابا اصلی زندگی یہ نہیں ہے۔ اصلی زندگی تو وہ ہوگی جب میں اپنی پچ ذاتی کو اوپر اٹھا سکوں گا — یہ میرا عہد ہے بابا — میرے منصوبے اور مقاصد کچھ اور ہیں، آپ نہیں سمجھیں گے —"

"میں سب سمجھتا ہوں بیٹیا اور مجھے خوشی بھی ہوتی ہے تمھیں اور تمہارے حوصلوں کو دیکھ کر۔ اصل میں جب بھی دنیا میں جہالت اور ظلم کا گھور اندھیرا چھایا ہے، تم سا کوئی نہ کوئی جیالا مشعل لے کر اٹھ کھڑا ہوا ہے — مہاتما گاندھی کی مثال ہمارے سامنے ہے —"

"بابا آپ جیسی مہان ہستی مہاتما گاندھی کا نام لے بھی سکتی ہیں۔ میں تو اتنا حقیر

اور چھوٹا ہوں کہ اپنی زبان سے یہ نام ادا کرنے کی ہمت بھی نہیں کرسکتا — ہاں آپ کے چرن چھوکر یہ عہد کر سکتا ہوں کہ باپو نے جو مشعل جلائی تھی اُسے بجھنے نہیں دوں گا —"

بابا اسے محبّت سے دیکھے جا رہا تھا —" بابا میرے دل میں بدلہ لینے کی کوئی تمنّا نہیں —" بدلہ تو کم ظرف لیا کرتے ہیں — میں ایک ہی بات چاہتا ہوں کہ سچائی کا برابری اور اونچ نیچ کا جھگڑا ختم ہو جائے اس کے لئے بابا — "میں نے ایک نعرہ ایجاد کیا ہے کہ غریبوں کو اتنا امیر کردو کہ امیر ان کے سامنے غریب نظر آنے لگیں —" بابا مسکرانے لگا — ہاں بابا میں نے دیکھا ہے اور اپنے حسابوں یہی سمجھ سکا ہوں کہ دنیا میں سارے جھگڑے دراصل غریبی کے پیدا کردہ ہیں — بابا آپ کو نہیں پتہ خاص طور سے چھوٹے دیہاتوں میں ہم غریب اچھوت کی طرح دھتکارے جاتے ہیں — کیسے کیسے ہمارا دل جلتا ہے - کیسی کیسی آہیں ہمارے دلوں سے نکلتی ہیں ....

"بیٹا جس طرح چھوٹا بچہ بھوک سے تڑپے تو ماں کی چھاتیوں میں دودھ آپ ہی آپ جوش مارنے لگتا ہے اسی طرح مظلوم کی آہ خداوند تعالیٰ کی محبت کو جوش دلا دیتی ہے — تڑپ اور آہ میں اثر ہو — تو عرش عظیم کے پائے ہل جاتے ہیں — مجھے خدا سے یقین ہے میاں کہ تمہاری کوششیں خدا کے یہاں ضرور قبولیت کا درجہ پائیں گی — تم نے دیکھا ہوگا کہ چمڑے کی دھونکنی لوہے تک کو پگھلا کر رکھ دیتی ہے —

ایک عالیشان بنگلے کا آج افتتاح تھا — جھلمل جھلمل قمقمے یہاں سے

وہاں تک جگمگا رہے تھے ـــ سامنے کی دیوار پر بڑی سی نیم پلیٹ لگی ہوئی تھی جس پر "دھرم راج اسٹیل اینڈ آئرن ڈیلر" کا خوبصورت نام جھم جھما رہا تھا ـــ مہمانوں کے بھیڑ بھڑکے میں کئی گاڑیوں کو پسِ پشت ڈالتی ایک لمبی سی گاڑی پھاٹک کے اندر داخل ہوئی ـــ

"دھرم راج جی آگئے ـــ"

"دھرم راج جی آگئے ـــ"

لوگ آپس میں ایک دوسرے سے سرگوشیاں کرنے لگے ـــ

کھٹاک سے گاڑی کا دروازہ کھول کر بندا اترا ـــ "ایک شاندار اور عظیم الشان شخصیت ـــ" اس نے تیزی سے اتر کر دوسری طرف کا دروازہ کھولا ـــ

"آیئے بابا ـــ اس گھر کا افتتاح آپ کو کرنا ہے۔ آپ ہی کے شبھ قدم سب سے پہلے اس گھر کی دہلیز کو چھوئیں گے ـــ"

ناں ـــ ناں کرتا بابا اترا ـــ اس کے پیچھے بندا اور لوگوں کے ٹھٹ کے ٹھٹ ـــ بابا نے ربن کاٹی اور دعا کی ـــ "خداوندا اس گھر کو سدا ابھرا پُرا رکھنا اور اس گھر کے مکینوں کو ہمیشہ نیکی اور بھلائی کے راستے پر چلانا ـــ" باہر آتشبازی چھوٹنے لگی۔ اور مستعد نوکر مٹھائیوں اور مشروبات کے تھال اِدھر سے اُدھر کرنے لگے ـــ

نوخیز اور حسین لڑکیاں جان بوجھ کر دھرم راج کے سامنے آنے لگیں ـــ

بابا کے جھونپڑے کے سامنے لمبی سی گاڑی کھڑی ہوئی تھی۔ اندر بندا بابا سے الجھ رہا تھا ـــ

"بابا آپ نے کہا تھا کہ آتے جاتے رہا کریں گے۔ دیکھئے آپ اپنا وعدہ نہیں نبھا رہے ہیں ——"

"تو تو نبھا رہا ہے نا —" !

"ہاں بابا وہ تو میں انشاء اللہ زندگی بھر نبھاتا رہوں گا —— جس طرح آپ پانچ وقت کی نماز یہ کہہ کر پڑھتے ہیں نا کہ یہ فرض ہے جو ٹالا نہیں جا سکتا، اسی طرح میرا روزانہ آپ کے ہاں آکر ایک بار آپ کے درشن کر لینا بھی فرض ٹھہرا۔ —— یہی میری عبادت ہے ——"

بابا ایک جوتے میں کیل ٹھونکتے ہوئے مسکرایا اور ہتھوڑی زمین پر رکھ کر بولا۔ "میری محبت تو اتنی کرتا ہے بات نہیں مانتا —— شادی کر لینے سے کیا تیرے کام کاج رک جائیں گے —— بلکہ دل جما رہے گا تو اور اچھی طرح کام ہوں گے ——"

بندو کچھ فکر مند سا نظر آتا تھا —— "نہیں بابا ابھی فی الحال تو اس پروگرام کو اٹھا ہی رکھئے —— مجھے ایک الگ سوچ کھائے جا رہی ہے ——"

"وہ کیا ——" بابا بھی فکر مند ہو گیا ——

"بندو زمین پر اطمینان سے بیٹھ گیا ——" بابا دراصل بات یہ ہے کہ مجھے ہر لمحہ یہ ڈر سا لگا رہتا ہے کہ کہیں کوئی میری اصلیت کو پہچان نہ لے —— آجکل تو طرح طرح کے بزنس والے —— اخبار والے ملنے آتے رہتے ہیں —— اکثر میری زندگی میرے ماضی میری جد وجہد اور اس کامیابی کی تفصیل جاننا چاہتے ہیں —— ابھی تو میں نے کچھ بھی نہیں کیا ہے بابا —— اگر ادھر بیچ میں لوگوں کو پتہ چل گیا کہ میں دراصل ایک نیچ ذات کا اچھوت ہوں تو آپ جانیں بابا عوام کی طاقت کا کوئی مقابلہ

نہیں کر سکتا ـــــ میں اکیلا نہیں جاؤں گا اتنی بڑی طاقت کا مقابلہ نہ کر پاؤں گا ....

بابا بھی کچھ پریشان سا ہو گیا ـــ "اور بابا آپ جانتے ہیں دشمنوں اور بہکانے والوں کی اور بہک جانے والوں کی کسی بھی زمانے میں کمی نہیں رہی ہے ـــ"

"میں اچھی طرح تمہارا مطلب نہیں سمجھا میاں ـــ" بابا سر ہلا کر بولا ـــــ

"دیکھئے نا بابا یوں دروازہ بند رہے تو کوئی دستک نہیں دیتا لیکن ٹوٹی پھوٹی کھڑکی سے کوئی بھی سر اندر ڈال کر جھانک لیتا ہے ـــ مجھے لگتا ہے اور غلط نہیں لگتا کہ میری زندگی میں کہیں نہ کہیں ایسا جھول ضرور ہے کہ لوگ انگلی اٹھا سکیں ـــ اسی لئے میں تنہا رہنا چاہتا ہوں تاوقتیکہ میں کوئی ٹھوس کام نہ کر لوں۔ میں اپنے راز کا سوائے آپ کے زندگی میں کسی کو شریک نہیں بنا سکتا ـــ" پھر وہ کچھ رک کر بولا۔

"کل میں ویسے گاؤں جا رہا ہوں ـــ" بابا نے چونک کر اسے دیکھا۔

"ہاں بابا ـــ چودہ برس بہت طویل مدت ہے ـــ رام کی طرح میں نے بھی ایک پورا بن باس جھیلا ہے ـــ میں چاہتا ہوں ذرا جا کر دیکھوں تو سہی کہ کیا وہاں کی پوتر دھرتی پر پڑنے والے ناپاک نقوش کو مٹانے کے لئے آج بھی گھر سے جھاڑو باندھی جاتی ہے؟ کیا ابھی تک بچیوں کے سر پہ سہرے ...... وہ اچانک چپ رہ گیا ـــ

اس کی آنسوؤں سے بھری آنکھیں دیکھ کر بابا کا اپنا جی بھی پگھل گیا ـــ وہ ذرا سنبھل کر بولا ـــ

"لیکن بابا میں اس سوٹ پینٹ ٹائی اور گاڑی میں نہیں جاؤں گا ـــ میں ایک اچھوت کی طرح ہی جاؤں گا تاکہ اس مٹی سے اپنا رشتہ یاد کر سکوں ـــ"

۱۴

بڑا سا پگڑ جس سے آدھا چہرہ بھی ڈھک گیا تھا، دھوتی کرتا اور پکڑ سی چپل ـــــ اپنے گاؤں کو جانے کے لئے بندو نے وہ راستہ چنا تھا جو ۴-۶ کوس پہلے ہی سے ہریجن بستی سے نکلتا تھا ـــــ اس گاؤں کا نام چندالو تھا۔ جو اس کے اپنے سونا گاؤں سے بہت پہلے پڑتا تھا ـــــ

"سنتے ہیں ودیش میں بہت سدھار ہو رہے ہیں ذرا دوسری ہریجن بستیوں کو بھی دیکھتے چلیں ـــ" اس نے پگڑی سر پر جماتے ہوئے اپنے آپ کو سنایا۔

تھوڑی دیر بس سے اتر کر وہ پیدل چلا گیا ـــــ مزے مزے میں کھیتوں کی ہوا اور مناظر کے درشن کرتا ہوا ـــــ پھر اس کا دل ٹوٹنے لگا ـــــ وہی مخصوص چہرے ـــــ وہی شیشوں کی نوک کی طرح دل میں چبھ جانے والی یادیں ـــــ وہی کھیتوں میں کام کرتے ہوئے اچھوت ـــــ گوبر تھاپتی، اپلے سمیٹتی ان کی عورتیں ـــــ ننگ دھڑنگ بچے ـــــ زمین داروں کے کارندے۔ ہاتھ میں سونٹے اٹھائے عورتوں کو تاکتے، بظاہر ان کے کاموں کی نگرانی پر مامور مگر ان کے جسموں کو ٹٹولتے ہوئے ـــــ کہیں کہیں روٹی کھاتے ہوئے ہریجن کسان ـــــ جن کے خشک حلق سے سوکھی روٹی اور پیاز اترتی نہ تھی اور جو ہر نوالے کو پانی کے گھونٹ سے اندر ڈھکیل دیتے تھے ـــــ

اے ہندوستان!

اے میرے جنت نشان......!

اس نے آنکھوں میں آئے ہوئے آنسوؤں کو روکنے کی مطلق کوشش نہ کی ـــــ ڈھم۔ ڈھم۔ ڈھم۔ کہیں دور ڈھول پٹ رہا تھا ـــــ کسی کی حسب دستور نیلامی اٹھ رہی ہوگی ـــــ وہ تلخی سے دل ہی دل میں ہنسا ـــــ چند برتن ـــــ

چاندی کے تار سے، کچھ فاقہ زدہ بچوں کے منہ سے چرایا ہوا اناج کہ وقت پر ان ہی کا دوزخ بھرا جا سکے ــــ اٹھاؤ بولی ــــ اٹھاؤ......

سامنے نظر اٹھائی تو ڈھم ڈھم کی آوازوں کے ساتھ مجمع بھی بڑھتا جا رہا تھا ــــ اس نے ادھر سے نگاہیں ہٹا لیں اور اپنے دل کو سنایا ــــ

"کیوں پرانی باتیں یاد دلا رہے ہو بھائی ــــ آنکھوں کا ایک مصرف دیکھنا بھی ہے صرف رونا ہی نہیں ــــ"

وہ ایک جھاڑ سے ٹیک لگا کر بیٹھ گیا ــــ اسی کی ذات کا ایک آدمی اس کے قریب سے گذرا ــــ

"مسافر ہو ــــ؟"

اس نے سر ہلا دیا ــــ

"کس گاؤں کے ــــ"؟

"سارے گاؤں ایک جیسے ہوتے ہیں۔ کہیں کا بھی سمجھ لو۔"

"کھانا کھاؤ گے ــــ؟ ایک روٹی ہے آدھی آدھی کر لیں گے۔"

"روٹی کے ٹکڑے مت کرو اس محبت سے میرے دل کے ٹکڑے ٹکڑے ہو جائیں گے بھائی ــــ" اس نے کہنا چاہا مگر آنسو گلے میں پھندہ بنے بیٹھے تھے۔

اس نے بمشکل انکار میں سر ہلا دیا ــــ

"تو پھر پانی ہی پی لو ــــ تھکے ہارے لگتے ہو ــــ"

"ہم سب تھکے ہارے ہیں ــــ اپنی اپنی منزلوں سے بھٹکے ہوئے ــــ کون جانے منزل ملے گی بھی یا نہیں ــــ"

اس نے پانی کا لوٹا لے کر چند چھپکے منہ پر مارے۔ ایک دو گھونٹ پئے اور

۴۳

آگے بڑھ گیا ـــــ اس کے دل و دماغ اور روح میں ایک آگ سی بھر گئی تھی ـ
"کون کہتا ہے دن بدل گئے ہیں ـــــ؟ یہ دن کبھی نہیں بدلیں گے ـــــ کبھی نہیں، جب تک کہ ہم خود نہ آگ میں کود پڑیں ......

"اے سُن" ـــــ اچانک ایک آواز نے اسے چونکا دیا ـــــ اس نے مڑ کر دیکھا ـــــ اور دیکھتے ہی حیرت زدہ سا رہ گیا ـــــ زمیندار صاحب کا بڑا بیٹا!! یہ گاؤں تو چندا پور تھا ـــــ یہاں اس کا کیا کام؟ وہ تو سونا پور کا جاگیر دار تھا! چھوٹے زمیندار نے اُسے نہیں پہچانا، لیکن وہ پہچان گیا تھا ـــــ سن سن کرتا خون اس کے چہرے پر چھلک آیا ـــــ گھوڑے پر بیٹھا ہوا چھوٹا زمیندار اُسے اس طرح کھڑا دیکھ کر غصہ سے بولا ـــــ

"سُنتا نہیں ـــــ بہرا ہے کیا ـــــ میں نے تجھے بلایا ہے۔"

بندو دھیرے دھیرے غصہ کو ضبط کرتا آگے بڑھا، اور گھوڑے کے قریب جا کر زمیندار کو دیکھتا ہوا کھڑا ہو گیا ـــــ

"یہ چابک میرے ہاتھ سے گر گیا ہے ذرا اُٹھا کر دے تو ـــــ"!

بندو ذرا تیز لہجے میں بولا ـــــ "گھوڑے پر چڑھنا آتا ہے تو اترنا بھی آتا ہی ہو گا ـــــ خود اتر کر کیوں نہیں اٹھا لیتے ـــــ"

زمیندار نے عجیب سی نظروں سے دیکھا، جس میں غصہ سے زیادہ حیرت تھی! پھر ذرا دانت پیس کر بولا ـــــ

"تو اچھوت نہیں ہے ـــــ"؟

بندو تلخی سے مسکرا کر بولا ـــــ "تو اچھوت ہونے کا مطلب یہ ہوا کہ تمہارا

ہر حکم مان لیا جائے ــــ؟ ہیں تمہارا چابک کس خوشی میں اٹھا کر دوں؟"

زمیندار نے اِدھر اُدھر سر گھما کر دیکھا ــــ کوئی قریب میں نظر نہ آیا ــــ وہ تلملا کر بولا ــــ

"حرامزادے زمین کے کیڑے ــــ تجھے پتہ ہے ہم کون ہیں" ــــ؟

ہندو غصہ دلانے کے انداز میں ہنس کر بولا ــــ

"سونا پور کے چھوٹے جاگیر دار! جو اس وقت گھوڑے پر بیٹھے ہیں ــــ لیکن بڑی عجیب بات ہے کہ بلندی پہ، گھوڑے پر سوار ہونے کے باوجود تم مجھ سے سر جھکا کر بات کر رہے ہو اور میں زمین پر ہو کر بھی سر اٹھا کر تمہاری بات کا جواب دے رہا ہوں ــــ" !

چھوٹے زمیندار نے غصّہ سے پھن پھنا کر دیکھا، وہ آدمی گھوڑے پر بیٹھے کے باوجود بات کرنے میں اُسے سر نیچا کرنا پڑتا تھا جبکہ وہ اچھوت نیچ ذات کا آدمی سر اٹھائے اس سے زبان لڑا رہا تھا ــــ زمیندار گھوڑے پر بیٹھے بیٹھے اتنی زور سے تڑپا کہ گھوڑا بھی پیر پٹخ پٹخ کر اپنی بے چینی کا اظہار کرنے لگا ــــ

"ابے کوئی ہے ــــ" وہ اوپر بیٹھے ہی بیٹھے زور سے چلایا ــــ

"بچے بہادر ہو تو دوسروں کو پکارنے کی تکلیف مت کرو ــــ ایک کو ایک بہت کافی ہوتا ہے ــــ ویسے بھی ہمیں کوئی پھلواری تو کرنی ہے نہیں ــــ بس ذرا ہاتھ پاؤں کھولنے ہیں ــــ"

گھوڑے کی راس اُچھالتا، زمیندار نیچے اتر آیا، اب وہ صبر و ضبط کی منزلوں سے گذر چکا تھا ــــ نیچے پڑا چابک اب بھی اس کی غیرت کو للکار رہا تھا۔

"اب بھی وقت ہے۔ چابک اٹھا کر دے دے ــــ"

"سنو زمیندار معمولی سی بات ہے، چابک اٹھانے کے لیے جھکنا بھی پڑتا ہے! اور میں زندگی میں کسی انسان کے آگے نہیں جھکوں گا ـــ" وہ بڑی بے خوفی سے زمیندار کی آنکھوں میں آنکھیں ڈال کر یہ بات کہہ رہا تھا۔!

"تو کیا یہ حقیر سر مندر میں بھگوان کے آگے جھکے گا ـــ"؟ زمیندار تلخی سے ہنس کر بولا۔ کیونکہ مندروں میں اچھوتوں کا داخلہ منع تھا ـــ پھر اچانک ہی وہ تیزی سے جھپٹ کر اسکی گردن پکڑ کر دباتے ہوئے بولا ـــ

"ارے سالے یہ دو انگل کی گردن تو ایک چٹکی کے بھی قابل نہیں ـــ"

لیکن زمیندار کا اندازہ غلط تھا ـــ جو برسوں سے جمع ہوتی ہوئی کڑواہٹ اب ایک ایسا شکنجہ بن گئی تھی کہ بڑی سے بڑی چٹان کو بھی پیس کر رکھ دیتی ـــ بندو نے ایک جھرجھری لے کر اس طرح اپنی گردن چھڑائی مانو زمیندار کے ہاتھوں میں کھردرا پتھر آ گیا ہو جس کی چکنا ہٹ سے وہ پھسل پڑا ہو ـــ

اب زمیندار نے تلملا کر چابک اٹھایا کہ بندو پر دے مارے ـــ بندو نے اسے اور تاؤ دلایا ـــ

"ہاں یہ ہوئی شرافت کی بات ـــ اپنا کام اپنے ہاتھ سے کیا کرو بچے اس طرح صحت اچھی رہتی ہے۔"

"صحت کے بچے تیری کھال نہ ادھیڑ دی ہو تو یاد رکھنا ـــ"

اٹھے ہوئے چابک کی سونٹی پکڑ کر بندو نے اتنے زور سے اپنی طرف کھینچی کہ زمیندار بھی ساتھ ہی لڑھکتا چلا آیا ـــ شہر میں بوجھ ڈھو نے ہاتھ گاڑی بھر بھر وزن کھینچنے اور محنت مشقت کرنے سے بندو کے ہاتھ پاؤں

ایسے مضبوط نکل آئے تھے کہ جو بھی دیکھتا، دیکھتا ہی رہ جاتا ——
زمیندار اپنی جاگیر اور نوکروں کے بل بوتے پر بڑا ضرور تھا مگر طاقت میں
بندو کا مقابلہ کہاں کر پاتا —— ادھر سے بندو اُسے جلائے جا رہا تھا ——
اُسے کُتّے کی طرح پچکارتا ہوا بولا ——
"پچ پچ —— اچھے بچے یوں مٹی میں لوٹ کر اپنے کپڑے خراب نہیں کیا
کرتے —— جاؤ گھر جاؤ —— نہیں تو ماں مارے گی ——"
اس کے بعد گھونسوں، لاتوں اور مکّوں کا وہ زور دار تبادلہ شروع ہوا کہ
گرد و غبار میں دونوں اَٹ گئے —— دُور سے کسی نے یہ تماشا دیکھا اور اس کے
چیخ پکار کرنے پر ایک ایک کر کے کئی لوگ جمع ہو گئے اور قریب آ گئے ——
سب دَم سادھے دو شیروں کی لڑائی دیکھ رہے تھے، جن میں سے کوئی
بھی ہار ماننے پر تیار نہ تھا۔ دیکھنے والوں میں اکثریت اچھوتوں اور غریبوں کی تھی،
جن کے چہرے زبانِ حال سے چیتھڑوں میں لپیٹے اور غریبی کی تصویر بنے بندو
کی جیت کی دعائیں کر رہے تھے —— زمیندار کا ایک گھونسہ بندو کے منہ
پر پڑتا تو کئی لوگوں کے منہ سے اُف کے آہ کی آوازیں نکل جاتیں اور بندو کی
لاتیں زمیندار پر پڑتیں تو گو خوف کے مارے وہ کچھ بول نہ سکتے، مگر چہرے
کھل اٹھتے —— اور شاید اس دن قدرت کو یہی منظور تھا کہ وہ چہرے کھلے
رہیں کہ ایک زور دار گھونسے سے زمیندار بے ہوش ہو کر خاک پر گر پڑا ——
بندو نے ہانپتے ہوئے آس پاس کے کھڑے لوگوں کو مخاطب کیا ——
"سالے کو گھوڑے پر ڈال دو —— گھوڑا وفادار جانور ہوتا ہے گھر پہنچا دے گا۔"
"مگر بھیا —— کچھ لوگ آگے بڑھے —— تم نے غضب کر دیا —— اب تمہاری

کھیر نہیں۔ تمھیں پتہ نہیں وہ سونا گاؤں کا چھوٹا ٹھاکر ہے ۔۔۔"

"تو یہاں کیا کرنے آیا تھا ۔۔۔"؟ بندو نے غصّہ سے پوچھا ۔۔۔

یہاں کی جھنیات بھی خریدنا چاہتا ہے۔ ایک سودا پکا کر کے جا رہا تھا"

اور بھی جمین لینے والا ہے ....

"حالانکہ انسان کو صرف چھ ہات کی زمین بہت کافی ہوتی ہے ۔۔۔" بندو اپنی رو میں بہے کہے گیا ۔۔۔

"بھائی تم اس گاؤں کے تو نہیں لگتے ۔۔۔" اس کی بہادری سے مرعوب ہو کر ایک عورت بولی ۔۔۔

"ہاں بہن ٹھیک سمجھیں تم ۔۔۔ میں اس گاؤں کا نہیں لگتا۔ پھر بھی یہ گاؤں میرا بہت کچھ لگتا ہے۔ یہی گاؤں نہیں ۔۔۔ ہر گاؤں سے میرا ناطہ ہے ۔۔۔ میرا ہی نہیں ۔۔۔ ہم سبھی کا ۔۔۔ اور میں وہی رشتہ دوبارہ زندہ کرنے آیا ہوں ۔۔۔"

آس پاس کھڑے سب لوگ اسے اس عقیدت سے دیکھ رہے تھے مانو وہ کوئی دیوتا ہو ۔۔۔

استنے میں ایک عورت لوٹا بھر پانی اور ایک تھالی میں روکھا سوکھا کچھ کھانا لے آئی اور بڑے پیار سے بولی ۔۔۔

"لو بھائی ۔۔۔ تھوڑا کھا کر جرا آرام کر لو ۔۔۔ آج تو تم نے جیسے کہانیوں کی بات سچ کر دکھائی جن میں کوہ جگمار' راکھشس کو اپنی ایڑی سے مسل دیتا ہے ۔۔۔

"میلنے کا ٹیم تو اب آئیگا میری بہن ۔۔۔" بندو آپ پر زور دے کر ہاتھ منہ دھوتے دھوتے بولا ۔۔۔

"کھالی برتن میں ایک حد تک ہی پانی سما سکتا ہے۔ بند میں تو چھلکے گا ہی ۔۔۔"

" دیکھو سب لوگ مارے خوشی کے کیسے ناچ رہے ہیں کہ آج تم نے جمعدار کی ٹھکائی کر دی۔ ایک آدمی نے چند بچوں، عورتوں اور مردوں کی طرف اشارہ کیا جو مارے خوشی کے واقعی ناچنے گانے لگے تھے ــــ"

بندو کا دل ایک عجیب سی امید اور خوشی سے بھر سا گیا ــــ

کئی لوگوں نے اس سے اصرار کیا کہ ہمارے گھر چلیں مگر وہ وہیں ایک پیڑ کے کنارے لیٹ گیا اور پتہ نہیں دل پر سے کیسا بوجھ سا ہٹ گیا تھا کہ اسے وہیں پڑے پڑے نیند لگ گئی ــــ

پتہ نہیں کتنا وقت گذر گیا تھا ــــ گھوڑوں کے منہنانے، بیل گاڑیوں کی کھچ کھچ، جانوروں کی گھنٹیوں سے اس کی آنکھ کھل گئی، مگر وہ غلط سمجھا، اسکی آنکھ دراصل نیلامی بولنے والے کی تیز آواز سے کھلی تھی جو چلا چلا کر لوگوں کو ترغیب دلا رہا تھا ــــ

" دیکھو لوگو دیکھو ــــ کیا بڑھیا مال ہے ــــ ہاں ہاں ایک ایک کپڑا اتار کر دکھاؤں گا۔ تبھی دام لگانا۔ ہاں تو کسی نے کہا تھا ایک سو ایک ــــ ایک سو ایک۔ دیکھو اب ادھر بھگوان کی کاریگری کا کمال!

چرر سے اس نے لڑکی کا بلاؤز پھاڑا۔ دیکھو ذرا غور سے دیکھو کیسا چاندی سا بدن ہے ــــ ایسے بدن کے تو..... ہاں تو کسی نے کہا تھا ایک سو پچاس ایک ــــ ایک سو پچاس دو ــــ دیکھو ادھر کسی دل والے نے دو سو کی بولی دے دی ہے ــــ

ابھی ایک کپڑا اور باقی ہے، وہ بھی اتر جائے گا تو پھر دیکھنا کیا حال ہے۔ مچھلی کی طرح ہاتھ سے پھسل پھسل پڑتی ہے سالی ــــ اب دیکھو اگر دیکھنے کی طاقت ہو۔

پھر دام لگانے میں کنجوسی مت کرنا بھائی لوگو ـــــ

بندو پیچ وتاب کھاتا آگے بڑھا ...... ذلیل ندیدی بھوکی نظریں جوان لڑکی کے جسم کو چھیدے ڈال رہی تھیں ـــ گھاگرے کے اوپر سے وہ آدھی برہنہ ہو چکی تھی ـــ اور نیلامی بولنے والا لوگوں کو اکسائے جا رہا تھا کہ وہ اُسے پوری برہنہ کر کے بتائے گا کہ بولی اونچی لگے ...... گھوڑے اپنے مالکوں کی بے تابی دیکھ کر ہنہنا رہے تھے ـــ گاڑی بان بلا ضرورت بیلوں پہ ہاتھ پھیر رہے تھے ـــ ماحول میں بیک وقت شور بھی تھا اور سناٹے کا تناؤ بھی ـــ

لڑکی دونوں ہاتھوں سے اپنا جسم چھپانے کی کوشش کرتی اور نیلامی پھر اسے لوگوں کے سامنے ڈھکیل دیتا کہ جی بھر کر دیکھ لیں ـــ

" ہم اس چھوکریا کو کھریدیں گے ـــ " بندو پیچ وتاب کھاتا آگے بڑھا اور اپنے تلفظ کو جان بوجھ کر توڑ مروڑ کر بولا ـــ مگر پہلے کھوب اچھی طرح دیکھ کر ـ کہ مال کچا نہ نکلے ـــ "

نیلامی نے اور بیک وقت کئی لوگوں نے حیرت سے مڑ کر بندو کو دیکھا ـــ

پھر تلاری سے نیلامی بولا ـــ

" دیکھ لو سائیں ـــ " پر صورت سے لگتا تو نہیں کہ خرید سکو گے ـــ "

وہاں موجود لوگوں نے زور کا ٹھٹھا مارا ـــ

بندو نے گھور کر ـــ سب کو دیکھا ـــ اور دھیرے دھیرے لڑکی کی پیٹھ پر ہاتھ دھر کر اسے ایک طرف لے گیا جہاں ایک طرحدار گھوڑا کنوتیاں بدل رہا تھا ـ مانو کسی خوب رو کو سواری کی پیشکش کر رہا ہو ـــ

۵۰

تیر کی سی تیزی سے اس نے لڑکی کو گھوڑے پر چڑھایا اور اُسی تیزی سے خود بھی چڑھا اور باگیں سنبھال کر بولا ـــــ

"اب جس کسی نے اپنی ماں کا اصلی دودھ پیا ہے وہ ہمارا پیچھا کرے، گھاسلیٹ پینے والوں سے ہماری کوئی شرط نہیں ـــــ"

اور اس تیزی سے اُس نے گھوڑا دوڑایا ہے کہ پہلے تو کوئی کچھ سمجھا ہی نہیں کہ کیا ہو گیا، پھر ہوش ٹھکانے آئے تو سب سے پہلے گھوڑے والا چلایا ـــــ "ارے میرا گھوڑا ـــــ" اور ساتھ ہی کئی اور دوسرے بھی جاگے اور کئی لوگوں نے پھر اپنے اپنے گھوڑے پیچھے ڈال دیئے۔

اچانک بندو نے خود میں ایک ایسی بشاشت اور توانائی محسوس کی جو آج تک زندگی میں اس نے خود میں کبھی محسوس نہ کی تھی ـــــ گھوڑوں کی پیچھے آتی ہوئی ٹاپوں کو سُن کر وہ بڑے ہلکے پھلکے اور پُر مزاح لہجے میں لڑکی سے بولا ـــــ

"اب تم دیکھنا چھوکری ہم ان بد معاشوں کو کیسا چکمہ دیں گے ـــــ"

اور واقعی اس نے ایک عجیب و غریب حرکت کی کہ پیچھے سے کئی گھوڑ سوار اس کے تعاقب میں انتہائی تیزی سے اس کے قریب آ گئے تو اس نے اچانک اپنے گھوڑے کو روک لیا ـــــ سارے گھوڑ سوار اپنی ہی رَو میں خوب دوڑ تیز نکلتے چلے گئے اور بندو مخالف سمت میں تیزی سے دوڑ پڑا ـــــ

یہ آنکھ مچولی بڑی دیر تک چلتی رہی اور آخر میں بندو نے گھوڑے کو اتنا تیز دوڑایا کہ پھر کسی خطرے کی گنجائش نہ رہی اور وہ دھیرے دھیرے دلکی چال پر گھوڑے کو ڈال کر سکون سا محسوس کرنے لگا ـــــ

اس وقت تک دوپہر اتر چکی تھی ــــــ ماحول میں ایک خوشگوار خنکی رچنی شروع ہوگئی تھی ــــــ کھیتوں سے پیاری پیاری ہوائیں اپنے ساتھ مدھ ماتی خوشبوئیں لئے چلی آرہی تھیں ــــــ ایسے ماحول میں اچانک بندو بیحد بشاش ہوا اٹھا ــــــ اور اسے خود حیرت تھی کہ وہ جو زندگی بھر ہونٹوں کو سیمٹے رہا آج یوں ہنسنے پر خود کو مجبور کیوں پا رہا تھا ــــــ

"مجا آگیا نا ــــــ" وہ خواہ مخواہ مذاق کے موڈ میں آگیا تھا ــــــ

لڑکی نے کوئی جواب نہ دیا ــــــ بڑی دیر بعد وہ اپنے آپ کو حالات کی شدت میں ڈھال سکی ــــــ پھر بولی ــــــ

"آپ بہت اچھے ہیں ــــــ"

"ہاں ــــــ" وہ ہاں کو لمبا کر کے بولا ــــــ "اچھے تو ہم بہت سوں کو لگتے ہوں گے پر ہم کو بھی تو کوئی اچھا لگے ــــــ" اس پر لڑکی نے اچانک اسے پلٹ کر دیکھا اور وہ یکبارگی ششدر سا رہ گیا ــــــ

"خوبصورت تو واکئی تم اتنی ہو کہ دو ہجار میں بھی بکتی تو کم تھا ــــــ"

لڑکی نے پھر سے پلٹ کر اسے دیکھا ــــــ اب کی بار اس کے چہرے پر ذرا غصہ تھا "مگر یہ چکر کیا تھا نیلامی کا ــــــ" وہ اس کے کان میں جھک کر بولا ــــــ

لڑکی ذرا آزردہ ہوگئی بولی ــــــ "بے سہارا عورت راستے میں پڑا سکہ ہوتی ہے جسے کوئی بھی راہ چلتا جیب میں اٹھا کر ڈال لیتا ہے ــــــ"

بندو آنکھیں سٹ پٹا کر بولا ــــــ

"انگریجی تو بہت بڑھیا بول لیتی ہو ــــــ"

"انگریزی ــــــ؟" وہ عجیب سے لہجے میں بولی ــــــ "جو اپنی ہی زبان کی بات کرنے

کو ترستا ہو وہ دوسروں کی زبان میں کیا بات کرے گا بھلا ۔۔۔"

"اب تو تم اور بھی بڑھیا انگریجی بول گئی ہو ۔۔۔ واہ ۔۔۔"

"پتہ نہیں کس مسخرے سے پالا پڑ گیا ہے ۔۔۔ لڑکی نے جھلا کر سوچا ۔۔۔ لیکن اس کا ذرا بھی سنجیدگی سے اس پر غصہ ہونے کو نہ چاہا ۔۔۔ اتنے ساروں کے مجمع سے یوں بہادری سے نکال لایا ۔۔۔ بیٹھتے ہی اپنا پگڑ حوالے کر دیا کہ اپنا جسم ڈھانک لو ۔۔۔ اب اتنی شرافت سے لئے جا رہا ہے ۔۔۔ کیا ہوا اگر مزاج میں ذرا دل لگی کرنے کی عادت ہے ۔۔۔ اچانک بندو نے پوچھا ۔۔۔

"بھوک لگی ہے ۔۔۔؟ لگی تو ہو گی ۔۔۔ ہمیں بھی لگی ہے" پھر کھیتوں میں اِدھر اُدھر نظر ڈال کر بولا ۔۔۔ "مگر ہم کچھ لائیں گے تو ہمارے ہاتھ کا کھا لو گی نا ۔۔۔؟"

لڑکی نے ذرا حیرت سے اسے دیکھ کر پوچھا ۔۔۔ "آپ؟

"آپ کون ۔۔۔ ہیں ۔۔۔"؟ لڑکی کے دیکھنے کا انداز ایسا تھا کہ وہ اپنے آپ سے بولا ۔۔۔ "میاں دھرم راج گئے کام سے ...."

پھر وہ بے حد لاپرواہی سے آسمان کی طرف خوب اونچا ہاتھ کر کے بولا ۔۔۔ "ہم ہم تو بھیا بہت بہوت اونچی جات کے باہمن ہیں ۔۔۔" پھر ذرا غم سے ۔۔۔ "مگر جنما گریب ہیں ۔"

آپ ۔ آپ برہمن ہیں ۔۔۔؟ وہ ایک دم جیسے گھوڑے پر سے کود پڑی ۔۔۔ آپ تو ہمارے مائی باپ ہیں ۔۔۔ آپکے برابر تو بیٹھنا بھی پاپ ہے ۔۔۔"

"دیکھو چھما کریو ۔۔۔ وہ ہاتھ جوڑ کر بولا ۔۔۔ ہم نہ تو عورت ہیں جو تمہاری مائی بن سکیں اور نہ تو ..... ہم تمہارے باپ بننا چاہتے ہیں کیونکہ ہمارے دل میں تمہاری اور اپنی ماں باپ آ گیا ہے ۔۔۔ اور جب کسی کے دل میں کسی کی

طرف سے پاپ آجائے تو وہ پاپ کیسے بن سکتا ہے — ؟ کیوں کتیا —" ؟
لڑکی کے چہرے پر ایک حیا آمیز مسکراہٹ آگئی۔ اس نے سوچا کس قدر عجیب بات ہے کہ ابھی چند لمحے پیشتر، میں ایسے ہی مول تول سے گذر رہی تھی۔ اور دیکھا جائے تو میں ابھی بھی ایک مرد ہی کے ہاتھوں میں ہوں — مگر شاید محفوظ ہاتھوں میں !!

لڑکی کو کھڑا دیکھ بندو ہنسا — " تم تو گھوڑے پر سے اس (دستاکی) مشاقی سے کود پڑی ہو کہ لگتا ہے کہ ساری جندگی گھوڑوں پر سے کودتی رہی ہو"
اور ہاتھ بڑھا کر اُسے اوپر آنے کا اشارہ کرتے ہوئے بولا —

" چلو جلدی سے بیٹھ جاؤ — رات پڑے ہمیں اپنے گھر پہنچنا ہے —"
لڑکی بجید سنا دمتندی سے اس کے سامنے چڑھ بیٹھی —

" تمہارا نام تو ہم نے پوچھا ہی نہیں چھوکریا —"

" دیوالی" — وہ دھیرے سے بولی —

بندو چونک سا گیا — " ارے واہ — دیوالی ! — پھر تمہارے ہاں چراگ اور تیل کا تو کوئی کھرچہ ہی نہیں ہوگا نا — دن رات کے اجالے —"

" نہیں بابو صاحب ہم لوگ تو اجالوں کے بیچ رہ کر بھی اجالوں کو ترسنے والے لوگ ہیں — جس طرح میری ماں ہولی ہو کر بھی زندگی بھر رنگوں کے لئے ترستی رہی —"

بندو نے اچانک سوچا یہ بھی محرومیت سے فرار پانے کا ایک راستہ ہے۔ خوشبوں سے محروم لوگ، اجالوں سے محروم لوگ، رنگوں سے محروم لوگ اگر اپنے نام دیوالی ہولی رکھ بھی لیں تو کیا انھیں اُجالے اور رنگ مل جاتے ہیں —؟؟
وہ بولا کچھ نہیں سنے گیا —

"ماں کو رنگین کپڑے پہننے کا اتنا شوق تھا، لیکن وہی بتاتی تھی کہ جب بابا کو بیگار میں گھسیٹا گیا تو وہ بیمار تھے، بہانہ سمجھ کر زمیندار نے اتنا پٹوا دیا کہ دم نکل گیا ـــــ پولیس کیس بھی نہ بن سکا۔ پیسے میں بڑی طاقت ہے نا؟ پھر ماں نے کبھی رنگین ساڑی نہیں پہنی ـــــ ساون میں جب سب سکھی سہیلیاں ہری رنگ کی چُنریاں پہنتی تھیں تو ماں اپنی سفید کفنی ایسی ساڑی پہنے برہا کا ایسا درد بھرا گیت گاتی تھی کہ ساجن اگر تم پردیس سے سونا لینے جاتے اور واپسی میں دیر ہو جاتی تو پہلے ہی میرے کاجل ایسے بال چاندی جیسے ہو جاتے، مجھے غم نہ ہوتا، لیکن تم تو ایسے پردیس گئے ہو جہاں سے کوئی واپس ہی نہیں آتا ـــــ"

ماحول اچانک سناٹے میں ڈوب گیا تھا۔ بمشکل بندو پوچھ سکا۔

"اور ماں ـــــ؟"

"وہ ہولی تھی نا ـــــ؟ اس نے اپنے سونے جیسے بدن کی خود ہی ہولی جلا ڈالی ـــــ زمیندار نے اسے ایک دن گڑ کی راب بنانے اپنی حویلی پہ بلایا تھا ـــــ راب کے ساتھ ساتھ اُسے میری ماں بھی بہت مزے کی لگی تھی ـــــ

تم بھی ـــــ میں بھی ـــــ ہم سب ہی، ایک منزل کے راہی ہیں.... خوش مذاقی کا وہ غلاف بندو پر سے سرک گیا تھا وہ غم کے ساتھ کہہ رہا تھا ـــــ ہم سب کی ایک ہی کہانی ہے ـــــ"

"ہم سب کی ـــــ؟ ـــــ آپ کی بھی ـــــ" دیوالی نے حیرت سے پلٹ کر اسے دیکھا، مگر وہ کہیں ماضی میں کھو چکا تھا ـــــ

گھوڑے کی پھڑ پھڑ سن کر بابا بغل میں جانماز دبائے دروازے سے نکل آیا۔ اور بندو کو دیکھ کر بے حد حیرت سے بولا ——

"میاں —— تم ——"؟

"ہاں بابا میں" —— بابا حیرت سے دیوالی کو دیکھے جا رہا تھا —— بندو نے ذرا آنکھیں چرا کر ذرا اِدھر اُدھر دیکھتے ہوئے تعارف کروایا ——

"بابا یہ ایک بے سہارا لڑکی ہے —— راستے ہی میں ..... ."

بابا نے مسکرا کر بات اچک لی —— "تو یوں کہو کر راستے ہی میں منزل مل گئی"

بندو شرما کر آئیں بائیں شائیں کرنے لگا ——

"نہیں بابا وہ کچھ بات ایسی ہو گئی کہ ...... وہ ہاتھ ملتے ہوئے ذرا پشیمانی سے کہنے لگا" —— بابا میں آپ کو بعد میں ساری بات بتاؤں گا —— اور دیوالی کی آنکھ بچا کر اس نے بابا کے آگے دونوں ہاتھ جوڑ دیئے ——

بابا نے ہنس کر دیوالی کو گلے سے لگا لیا —— بیٹی بڑے نصیبے والی تھی جو اپنے ہاتھوں میں پڑ گئی ...... دیوالی نے گھبرا کر پہلے بندو پھر بابا کو دیکھا —— بابا نے بڑی جلدی سے بات سنبھال لی —— میرا مطلب تھا ہمارے یہاں کوئی تکلیف نہیں ہوگی بیٹی تمہیں —— مجھے اپنے باپ کی جگہ سمجھنا اور ...... بندو جلدی سے اس کے کان میں جھک کر بولا —— "مگر خدا کے لئے مجھے بھائی نہ سمجھ لینا ——"

بابا کھانے پینے کا انتظام کرنے اندر گیا تو بندو بڑی پریشانی سے بولا —— "یہ سالا گھوڑا تو میری جان کو ہی چپک گیا ——"

دیوالی مسکرا کر بولی —— "ارے واقعی آپ نے اسے کھلا چھوڑ دیا؟ پھر بھی جا ہی نہیں رہا؟"

بندو ہنس کر بولا ——— "ہم رتّی تو کھلی چھوڑ دیتے ہیں مگر محبت سے باندھ لیتے ہیں" دیوالی شرما کر دروازے میں چلی گئی ——— گھوڑے کی پیٹھ تھپ تھپا کر بولی ——— اب تو وہیں چلا جا جہاں سے ہمیں لایا تھا ——— میں اپنے گھر پہنچ گئی ہوں"۔

کھانے دانے سے فارغ ہو کر بندو نے اکیلے میں بابا سے پوچھا ———

"بابا میں دیوالی کو کہاں رکھوں ———" ؟

بابا نے ذرا اسے حیرت سے دیکھا ——— "اپنے پاس اور کہاں ———" ؟

"لیکن بابا ——— وہ پریشانی سے ہاتھ ملتے ہوئے بولا ——— "آپ بات کی نزاکت کو سمجھنے کی کوشش کیجئے ——— میرے سینے پر آنے والے خطرے کی دودھاری تلوار لٹک رہی ہے ۔ میں جو لوگوں کی نگاہوں میں دھرماتما بن کر راج کر رہا ہوں اگر انھیں پتہ چل جائے کہ میں نے گھر میں ایک ہریجن کنواری رکھی ہوئی ہے تو سماج کے یہ ٹھیکے دار مجھے جینے دیں گے ——— ؟ شکوک اور مخالفتوں کا ایک طوفان اُٹھ کھڑا ہو گا اور میرا سارا مشن ٹھپ ہو کر رہ جائے گا ———"

"تو میں رکھ لوں گا ——" ؟ بابا نے مشورہ دیا ———

بندو نے ھجو ہیرے پر ایک نظر ڈال کر دھیرے سے کہا ———

"بابا میں چاہتا تھا کہ ایک خزاں رسیدہ پودا جسے پالا مار گیا ہے، ذرا بہار بھی دیکھ لے۔"

بابا اس کے منہ اٹھائے پریشانی سے اسے دیکھتا رہا ——— وہ کہے گیا ———

"بابا کیا یہ نہیں ہو سکتا کہ آپ دونوں ہی میرے ساتھ چلی کر رہیں ——— دیکھنے والے سوچیں گے کہ آپ باپ بیٹی ہیں ۔ میرے مہمان ہیں ——" اور بڑی آسانی سے

اُس نے بابا کو دیکھا ـــــ بابا نے ہاتھ ملتے ہوئے بیچارگی سے دیکھا ـــــ

"میں نے کبھی سکینہ کو اکیلا نہیں چھوڑا بیٹا ...... اور وہ خاموش رہ گیا ـــــ

گھٹنوں کے بل جھک کر اُس نے بابا کے دونوں ہاتھ پکڑ لیے ـــــ

"بابا روحوں کا اگر کوئی وجود ہے اور وہ دیکھ سکتی ہیں، محسوس کر سکتی ہیں تو ماں جی کبھی بُرا نہیں مانیں گی ـــــ آپ نے مجھے بیٹا بنا دیا ہے نا ـــــ؟ میں ماں جی کا بھی بیٹا ہوا نا ـــــ؟ کیا اولاد کا اتنا بھی حق نہیں ہوتا ....

بابا اپنے آنسوؤں کو روکتے ہوئے بولا ـــــ ٹھیک ہے ٹھیک ہے بیٹا ـــــ اُس نے بندو کے سر پر اپنا ہاتھ رکھ دیا ـــــ

"لیکن حالات سنبھل جائیں گے اور تم دونوں کی شادی ہو جائے گی تو پھر میں یہیں چلا آؤں گا ـــــ" وہ آنسو پونچھنے کو رکا ـــــ" برسوں کا بندھن بڑی مشکل سے ٹوٹتا ہے بیٹیا ـــــ بڑی مشکل سے ...."

دوسرے دن بندو سوٹ بوٹ میں ایک لمبی سی گاڑی پہ سوار ہو کر آیا تو دیوالی اُسے دیکھتی ہی رہ گئی ـــــ آج وہ کسی اور ہی دنیا کی مخلوق معلوم ہو رہا تھا۔ باوردی ڈرائیور نے مؤدب ہو کر کار کا دروازہ کھولا اور وہ یوں اترا جیسے بادشاہ اترتے ہیں ـــــ پھر وہ جھونپڑے کے اندر آیا ـــــ بابا اور دیوالی کو گاڑی میں بٹھایا اور ایک بہت ہی شاندار شاپنگ سینٹر میں گاڑی رکوا دی۔

دیوالی کے لئے ڈھیر سارے کپڑے اور عورتوں کے ساج سنگھار والا خوب سامان خرید کر جب وہ پھر گاڑی میں آ بیٹھا ـــــ تب بھی دیوالی شرمندہ سی اُسے

دیکھتی رہی ـــ پھر جب گاڑی ایک عظیم الشان بنگلے پر جاکر رکی اور نوکر لوگ دوڑتے ہوئے آئے تب بھی وہ یونہی بھونچکی رہی ـــ پھر جب اُن کے داخل ہوتے ہی ایک مستعد بیرا سفید وردی میں ٹھنڈے مشروب طشت میں سجائے داخل ہوا تو وہ جو سانس روکے تنی سی بیٹھی تھی، ذرا پُرسکون ہوئی اب وہ سمجھ گئی کہ یہ سفید لباس والا ہی اس گھر کا مالک ہے ـــ "شاید ہم لوگ دعوت میں آئے ہیں ـــ" اس نے اپنے آپ کو سنایا ـــ

مگر بندو نے ایک کمرے تک دلوائی کو لے جاکر بتایا کہ اب سے اس کمرے میں تم رہوگی ـــ" تو وہ پھر ڈر سی گئی ـــ بندو کا مرصع لب و لہجہ اور مہذب اندازِ گفتگو وہ اپنے حواسوں پر شک کرنے لگی ـــ

اور شنو وہ محبت سے بولا ـــ "یہ سارے کپڑے تمہارے ہیں انہیں اس الماری میں سجا لو ـــ اور ساتھ ہی باتھ روم ہے، جاکر نہا لو ـــ" پھر اس نے مڑ کر ایک نوکر کو مخاطب کیا ـــ

"میم صاحب کے لئے گرم گرم کافی اور ٹوسٹ لے آؤ ـــ"

تو پھر خود کو پاگل لگنے لگی ـــ اب جو غور سے اس نے اپنے کمرے پر نظر ڈالی تو چکرا سی گئی ـــ عظیم الشان خواب دیکھنے کے لئے بھی پہلے حقیقت کی دنیا کا وجود ضروری ہوتا ہے ـــ کوئی انسان اپنے سامنے اعلیٰ اور ناممکن چیزیں دیکھے تبھی وہ اپنے تصور میں انھیں سوچ سکتا ہے اور خواب میں پا سکتا ہے۔ یہاں تو زندگی میں ایسی کوئی رنگین گھڑی آئی ہی نہیں تھی ـــ پھر یہ سب کیا تھا ـــ ؟ ہاں گاؤں کی ایک بڑھیا دادی سبھوں کو کبھی کبھار ایک پری محل کی داستان ضرور سناتی تھی ـــ تو ـــ تو کیا یہ وہی پری محل تھا اور وہ آگئی

۵۹

پری ؟؟ اس نے زور سے سر کو جھٹکا — کہیں خواب تو نہیں ؟ ؟

نہیں — خواب نہیں تھا — سامنے ہی ایک کالی کالی سی شے کو کان اور منہ سے لگائے وہ برہمن اس پر لاکھوں کی باتیں کر رہا تھا۔ اُسے ہنسی آگئی — وہ پاگل ہے۔ آس پاس کوئی بھی نہیں اور اکیلے میں بک بک کئے جا رہا ہے —"

" ہاں ہاں — دولاکھ ہی کی تو بات ہے نا — ارے تو اس میں پوچھنے کا کیا سوال ہے، بھئی مال اٹھالو فوراً — ایسے موقعے قسمت ہی سے ہاتھ لگتے ہیں —"

" تو کماری دیوی جی — ایسے موقعے قسمت سے ہی ہاتھ لگتے ہیں — شاید کبھی پچھلی زندگی میں تم نے کوئی پُن کیا ہو اور بھگوان نے اس کا یہ صلہ دیا ہو —" !!

کھانے کی لمبی چوڑی ٹیبل پر بھی دیوالی منہ پھُلائے بیٹھی رہی — بابا تو ٹیبل کرسی پر یونہی آٹ پٹا سا محسوس کر رہا تھا — دیوالی بھی بڑی سخت مشکل میں پھنسی ہوئی تھی۔ بابا کھا کر چلا گیا تو دھرم راج نے شرارت سے اُسے چھیڑا —

" کھائیے میم صاحب — نزاکت کیلئے ساری عمر پڑی ہے —

دیوالی منہ چڑھا کر بولی — ہم بہت — بہوت اونچی جات کے باہمن ہیں — پر جرا گریب ہیں —"

پھر وہ کھڑی ہو کر غصہ سے بولی — " آپ کو جھوٹ بولتے شرم نہیں آتی — آخر یہ سب ڈھونگ رچانے کا کیا مطلب تھا —" ؟

" مطلب وطلب کچھ نہیں کماری جی — بات بس اتنی سی ہے کہ میں چاہتا تھا کہ آپ مجھ سے بالکل بے تکلفی محسوس کریں —" پھر وہ شرارت سے بولا — " ویسے آپ آزاد ہیں جہاں چاہیں جا سکتی ہیں —" مگر بس اتنی بات تھی کہ سوچا تھا آپ ساتھ رہیں گی تو ذرا ایک ساتھ بیٹھ کر چائے سوائے پی لیا

کریں گے ـــ

دیوالی نے اُسے غصّہ سے گھور کر دیکھا تو وہ جلدی سے بولا ـــ

"م ـــ میرا مطلب یہ نہیں کہ آپ ہمیشہ چائے ہی پیا کریں۔ آپ چاہیں تو شوق سے کافی بھی پی سکتی ہیں۔ یہ تو اپنی اپنی پسند کا سوال ہے ـــ"

دیوالی منہ پھیر کر مسکرا دی ـــ

رات کو دیوالی سو گئی تو بندو بابا کے کمرے میں آیا ـــ

"بابا زندگی میں پروگرام تو بہت سارے بنا رکھے ہیں، اب شروعات کرنی ہے۔ میں اپنے گاؤں سے اینڈاور کرنا چاہتا ہوں ـــ"

"تو بسم اللہ کرو میاں، نیک کاموں میں سوچ بچار کیسا ـــ"؟

"بابا آپ میرے لیے دعا کیجیے ـــ وہ ان کے پیروں میں جھکنے لگا ـــ

بابا نے پکڑ کر اٹھا لیا ـــ

"بیٹا سر صرف خدا کے حضور میں جھکتے بھلے لگتے ہیں۔ ہم حقیر بندے، کیوں ہمیں گنہ گار کرتے ہو ـــ اور رہی دعا کی بات، تو میری ہر آتی جاتی سانس تمہارے حق میں دُعا گو ہے ـــ"

لمبی سی گاڑی ایک نرم ہچکولے کے ساتھ رک گئی اور بنا ڈھم ڈھم کیے ہی ایک جمِ غفیر اس کے آس پاس جمع ہو گیا، مانو کوئی نیلام ہونے جا رہا ہو۔ بچّے، عورتیں، متجسس مرد، ادھ ننگے، بھوکے فاقوں سے ادھ موئے ـــ

جن کے جسموں پر میل کی تہیں چڑھی ہوئی تھیں — جن کے چہرے زبانِ حال سے کہہ رہے تھے —

"ہم بھوکے ہیں —" "ہم بھوکے ہیں —"

ڈرائیور نے ایک نسبتاً معقول آدمی سے پوچھا —

"یہاں کوئی زمین بکاؤ ہے —"

آدمی م م — م م کرتے ہکلا کر رہ گیا — مارے رعب کے اس کی زبان ہی نہ کھلی۔

اب دھرم راج نے گاڑی سے اتر کر ذرا اپنائیت سے پوچھا —

"ارے بھائی — یہاں کوئی زمین کھیت۔ خالی جگہ بکنے کے لئے ہے —"

"ہے صاحب — ایک دوسرا آدمی بولا — پھر ہاتھ کے اشارے سے بولا۔ بہت ہے صاحب — مگر مگر......

"مگر کیا —" دھرم راج نے نرمی سے پوچھا —

"جاگیردار صاحب کی ہے سب جگہ —"

"ٹھیک ہے ہم بات کریں گے — وہ اس وقت مل سکیں گے —"

"کیوں نہیں صاحب۔ وہ سدا حویلی میں ہی تو رہتے ہیں — مگر چھوٹے سرکار ملیں گے — لین دین اب وہی کرتے ہیں —"

"تو آؤ ہمارے ساتھ چل کر حویلی کا راستہ دکھاؤ —"

اس نے گاڑی پر بیٹھ کر اُن کے لئے جگہ بناتے ہوئے کہا۔ اس کے ساتھ اسکا دس بارہ سال کا بچہ بھی تھا — اس نے ہچکچا کر بچے کو دیکھا — پھر گاڑی کو۔ دھرم راج مسکرا دیا — "کوئی بات نہیں۔ بچے کو بھی ساتھ بٹھا لو —"

گاڑی چل پڑی — پیچھے بہت سارے پھول رکتے ہوئے۔ دھرم راج نے انگور کا

ایک بڑا سا خوشہ اٹھا کر بچے سے پوچھا — بڑی نرمی سے مسکرا کر.......

"یہ تمھیں کیسے لگتے ہیں —"

"بہت سندر —" بچہ غور سے انگور دیکھتے ہوئے بولا۔

"سندر —" دھرم راج حیرت سے بولا — "ارے بھائی میں ان کی سندرتا کی بات نہیں کر رہا، میں پوچھ رہا ہوں ان کا مزہ تمھیں اچھا لگتا ہے۔

بچے نے بے بسی سے باپ کو دیکھا — باپ نے سر جھکا کر جواب دیا —

"صاحب بارہ برس کا یہ ہو گیا — آج جندگی میں پہلی بار انگور دیکھ رہا ہے۔ اور یہ سنگترے اور چیکو اور انناس اگر آپ گاؤں کے کسی بچے کو بتائیں تو کوئی یہ نہیں سمجھے گا کہ یہ کھانے کی چیج ہیں — وہ.......

"نہیں — نہیں ...... دھرم راج زور سے چلایا اور اس نے اپنی بانہہ میں اپنا منہ چھپا لیا —

حویلی آ گئی تھی —" اس نے اپنا چہرہ اوپر کیا تو اس کا منہ آنسوؤں سے تر بتر ہو رہا تھا" — "ان پھولوں کو کھلنے دو — ان پھولوں کو کھلنے دو —" اس نے تڑپ کر اپنے آپ کو سنایا —

دو ایسے انسان آمنے سامنے کھڑے تھے جنھیں ایک ہی ماں نے جنم دیا تھا — لیکن دو الگ الگ ماؤں نے انھیں اپنا دودھ پلایا تھا — اور یہ دودھ کی پکار تھی کہ ایک غریب کو اوپر لانے کی لانے کی بات کر رہا تھا اور دوسرا انھیں پچھاڑنے پہ تلا ہوا تھا۔

"دھرم راج بھئی — آپ کے وچار ویسے بہت اونچے ہیں — اسکول اور

ہاسپٹل کھولنے کی اسکیم بھی بہت اچھی ہے لیکن آپ جانیں یہ نیچ لوگ لاکھ آپ سر پٹکیں، سدھرنے والے نہیں ـــ آپ نے وہ کہاوت نہیں سُنی کہ کتّے کی دم بارہ برس نلی میں رکھو مگر رہے گی پھر بھی ٹیڑھی کی ٹیڑھی ـــ"

آس پاس بیٹھے ہوئے چھوٹے سرکار کے گرگوں نے زوردار قہقہہ لگایا ـــ

دھرم راج سنجیدگی سے بولے ـــ

"اگر دُم کاٹ ہی دی جائے تو ـــ"

سب کے ہنستے ہوئے منہ لٹک گئے ـــ پھر وہ اسی رو میں کہے گئے ـــ سوال صرف زمین کے بیچنے اور خریدنے کا ہے، میں آپ سے سماج سدھار کے اپدیش لینے نہیں آیا ـــ آپ قیمت بتائیے ـــ"

"جس ٹکڑے پر آپ زمین لے کر ہاسپٹل بنانا چاہ رہے ہیں وہ تو بہت ہی ہموار ہے، لیکن مقام پر ہے، گورنمنٹ بھی ایک بار کوشش کر چکی، مگر ہم نے طرح دے کر ٹال دیا ـــ آپ اگر چاہتے ہیں تو تین لاکھ میں ہو سکتا ہے۔"

انھوں نے ایک لاکھ روپئے بھی کم قیمت زمین کو خوب اونچا کر کے بتایا ـــ اور دوسری اسکول والی زمین دو لاکھ میں ...... اور وہ دھرم راج کے چہرے پر ردِّ عمل دیکھنے کے لئے ذرا رک گئے، جو کھڑے ہو چکے تھے۔

"ٹھیک ہے میرا سکریٹری کل ضروری کاغذات لے کر آجائیگا ـــ باقی معاملات آپ اور ہم شہر میں طے کر لیں گے ـــ

چھوٹے سرکار اور ان کے گرگے دیکھتے ہی رہ گئے اور دھرم راج نپے تُلے پُر اعتماد قدموں سے چلتے اپنی گاڑی میں جاکر بیٹھ بھی گئے ـــ

لوگوں کا جمِ غفیر آنکھیں پھاڑ پھاڑ کر دیکھ رہا تھا ـــ انہوں نے گاڑی سے سر نکال کر کہا۔

اس گاؤں میں آ، لوگوں کی صحت اور بچوں کی مناسب تعلیم کے لیے، ہم ایک ہاسپٹل اور ایک اسکول کھولیں گے ـــــ علاج بھی مفت ہوگا ـــــ تعلیم بھی ـــــ کتابیں، کاپیاں، پنسلیں، ضرورت کی ہر چیز اسکول سے ہی مفت ملے گی ـــــ" اچانک اس نے سوچا کہ اگر ان سبھوں کو پتہ چل جائے کہ میری اصلیت کیا ہے ـــــ تو ـــــ ؟؟

دوسری بار دھرم راج سونا گاؤں آئے تو زمیندار کی ایک اور بڑی خالی حویلی کا سودا کر گئے۔ وہ چاہتے تھے گاؤں میں بھی ایک مکان رہے تاکہ وقتاً فوقتاً اس میں آ کر رہیں اور زیر تعمیر بلڈنگوں کا خود بھی جائزہ لیتے رہیں ـــــ

تیسری بار جب اپنی لمبی سی گاڑی میں دھرم راج گاؤں آئے تو بات چیت بجائے چھوٹے سرکار کے بڑے سرکار نے کی ـــــ قہقہہ لگا کر بولے ـــــ

"بڑا بھاری دل دیا ہے بھگوان نے آپ کو ـــــ ہم نے لوگوں کو جمع کرتے ہی دیکھا ہے خرچ کرتے نہیں ـــــ"

دھرم راج اس شخص کی آنکھوں میں آنکھیں ڈالے اسے دیکھتے رہے جس نے ان کی آنکھوں کے سامنے ان کی ماں کا قتل کر دیا تھا ـــــ ہاں وہ قتل ہی تو تھا ـــــ ہاں وہ لمحہ ـــــ زندگی کا وہی لمحہ ایسا فیصلہ کن لمحہ تھا جس نے انھیں ہندوستان بھر کی غریب ماؤں بہنوں کے لیے ـــــ بیوہ جوانیوں کے لیے، بھوکے بیٹوں کے لیے ایک مشعل روشن کر دینے کا عظیم الشان حوصلہ عطا کر دیا تھا ـــــ آج وہی شخص ان کے سامنے کھڑا تھا اور یہ ان کی اعلیٰ ظرفی تھی کہ وہ اس کے سامنے مسکرا رہے تھے ـــــ

"رائے صاحب ــــ وہ مسکرائے ــــ انسان دنیا میں خالی ہاتھ آتا ہے، جاتا بھی خالی ہاتھ ہی ہے ــــ پھر اگر ہم اپنے ہی جیسے چند انسانوں کے آرام اور خوشیوں کا سامان کر سکتے ہیں تو یہ جوڑ جمع کس لئے ــــ"؟

"پھر بھی ان سکوں کے پیچھے ساری دنیا دیوانی ہے ــــ"؟ رائے صاحب ہنسے

"دیکھئے رائے صاحب آسان سی بات ہے ــــ دھرم راج نے آسمان کی طرف انگلی اٹھا کر اشارہ کیا ــــ" وہاں یہ سکے کام نہیں آتے جو ہم یہاں جوڑ کر رکھتے ہیں ــــ اور جو سکہ وہاں چلتا ہے وہ ہم جیسے گنہگاروں کے پاس وہاں نہیں ہوگا ــــ تو پھر ان سکوں کا حساب یہاں کیوں نہ صاف کر کے بھگوان کے سامنے جائیں...

رائے صاحب اس حساب سے بھنا کر بولے ــــ" آپ بھگوان میں بہت وشواس رکھتے ہیں!! بہت بڑی بات ہے جناب۔ ورنہ آجکل کی نئی پود بھگوان تو کیا ماں باپ کو بھی نہیں مانتی ــــ"

"بھگوان کی بھگتی مندر میں چند پھول، ہار اور ناریل چڑھانے سے نہیں ہوتی رائے صاحب ــــ انسانیت کی سیوا اور خدمت سب سے بڑی بھگتی، سب سے بڑی عبادت ہے ــــ اور میں اسی سیوا میں وشواس رکھتا ہوں ــــ"

رائے صاحب ذرا بور ہو کر بولے ــــ آج آپ کی آمد کا مقصد کیا تھا ــــ"؟

"مجھے اس بار بزنس میں امید کے خلاف کچھ زیادہ ہی منافع ہو گیا ــــ چونکہ مجھے اس کی کوئی آس نہیں تھی اس لئے ضرورت بھی نہیں ہے، اسی لئے میں چاہتا ہوں کہ گاؤں کے جو ہریجن بہت زیادہ غریب ہیں ــــ سب سے زیادہ غریب ہیں، ان کو کم سے کم ایک ایک ایکڑ زمین خرید کر تحفہ دیدوں کہ خود ہی کاشت کریں کھائیں ــــ نہ کوئی مالک نہ نوکر ــــ"

رائے صاحب نے پینترا بدلا — ذرا گرم ہو کر بولے — "اس طرح تو ہمارے کھیتوں اور زمینیات کے لئے مزدور نہیں مل سکیں گے —"

"تو ہمارے اپنے یہ دو ہاتھ دو پیر کس لئے ہیں، اگر بھگوان ہر کسی کو دوسرے کا محتاج کر کے بھیجنے والا ہوتا تو ہر ایک کے ساتھ اسپیئر پارٹس کی طرح چند ہاتھ، چند پاؤں، چند سر بھی روانہ کرتا — لیکن ظاہر ہے کہ بھگوان بڑا عقل مند آدمی ہے۔ اُس نے ہر انسان کو دو ہی ہاتھ دیئے ہیں اور دو ہی پاؤں — پھر ذرا رک کر ...... تو آپ زمین بیچ رہے ہیں —"

چھوٹے سرکار نے جتا دیا تھا کہ دھرم راج بڑا خر چیلا، پاگل اور سر پھرا سا جوان ہے۔ ایک ایک لاکھ کے دس دس لاکھ روپے دینے سے بھی نہیں چوکتا۔ لین دین کی بات میں ہی کروں گا، اس لئے وہ تلملا کر رہ گئے — ویسے دل میں تو یہ آ رہا تھا کہ اسے اٹھا کر چھجے سے پکڑ کر پھینک دیں —

"دیوالی — چلو آج تمہیں سونا گاؤں گھما لائیں —"

"دیوالی مسکرا کر بولی — "میں آپ کے ساتھ بیٹھی کیسی لگوں گی —؟"

"گاڑی جگمگانے لگے گی —"

دیوالی شرما گئی — "آپ تو مذاق بنا رہے ہیں میرا — میرا مطلب تو کچھ اور تھا۔ وہ اداس سی ہو گئی — آپ اتنے بڑے مہان آدمی — پھر برہمن۔ میں ایک نیچ ذات کی لڑکی ....

"نہیں بیٹا — بھگوان رام نے اچھوت شوری کے جھوٹے بیر کھائے تھے۔

لوگوں نے بہت غصہ بھی کیا تھا لیکن بھگوان رام نے جواب دیا تھا، جو چیز من کی لگن اور شردھا سے کھلائی جائے وہ پوتر ہوتی ہے...... پھر وہ عجیب شرارت بھرے لہجے میں بولا ——

"ہمیں ایک آدھ دن اپنے جھوٹے بیر کھلاؤنا ——"

"پھر آپ بھی میری طرح نیچ جاتی کے ہو جائیں گے ——"

" دیوالی تو یہ کہہ کر ہنس کر بھاگ گئی اور دھرم راج سناٹے میں آگیا ——

دھرم راج دیوالی کے ساتھ ہنس بول لیتا تھا، لیکن اکیلے پن میں بس یہی خیال مارے ڈالتا تھا ——

" پہچان نہ لے کوئی ——"

" پہچان نہ لے کوئی ——"

بڑی بڑی محفلوں میں مذہب، بھگوان، گیتا، پاٹھ، مندر یاترا، ان تمام موضوعات سے وہ سخت کتراتا، کیونکہ اس کی زندگی میں ان چیزوں کا کوئی دخل تھا نہ معلومات —— جہاں ساری زندگی ہی بڑے لوگوں کے دھکے، جوتے لاتیں کھاتے گذری ہو وہاں ان باتوں کا گذر ممکن بھی کیسے تھا —— ؟

دن رات یہی دھڑکا اس کے جی کو مارے ڈالتا کہ کوئی میرے ماضی کو نہ کھوج بیٹھے —— حالانکہ وہ یہ بات بھی بخوبی جانتا تھا کہ اس کے ماضی کا رازدار سوائے بابا کے اور کوئی نہیں ہے اور بابا پر اسے اپنی ذات سے بھی کچھ زیادہ ہی بھروسہ تھا —— اسے ڈر تھا تو صرف یہی کہ اس کے کام ادھورے نہ رہ جائیں ——

ایک بار اگر لوگوں کا وشواش اٹھ گیا تو پھر کبھی بات نہ بن پائے گی —— لوگ اسکی دھجیاں بوٹیاں کر دیں گے —— مذہب کے نام پر اتنا بڑا جوا کھیلا بھی نہیں جا سکتا۔

کم سے کم اتنی دیر تک نہیں کھیلا جا سکتا ـــــ اور جو گاؤں کے لوگوں نے اس کے دیالو پن سے متاثر اور با امید ہو کر یہ درخواست کی تھی کہ اچھوتوں کے لئے ایک مندر الگ سے بنوایا جائے کہ وہ بھی کسی کے آگے ماتھا ٹیک سکیں تو نہ صرف یہ کہ اس نے حامی بھر لی تھی بلکہ ساتھ ہی یہ بھی وعدہ کیا تھا کہ اونچی ذات کا برہمن ہونے کے باوجود وہ پہلے دن سب اچھوتوں کے ساتھ مندر میں بیٹھ کر پرارتھنا کرے گا اور بھجن کیرتن کرے گا ـــــ !

دیوالی تیار ہو کر آئی تو وہ اُسے دیکھتا ہی رہ گیا ـــــ دیوالی کو دیکھ کر پتہ نہیں اس کی ساری فکریں اور وسوسے کہاں پر لگا کر اڑ جاتے تھے اور وہ فوراً ہی ہنستا کھیلتا مسکراتا ایک عام سا نوجوان رہ جاتا ـــــ

"ماں قسم آج تو ڈائرکٹ شادی ہی کر لینی پڑے گی ـــــ" دیوالی زور سے اس انداز پر ہنس پڑی تھی۔ پھر ایک دم سنجیدہ ہو کر بولی ـــــ "آپ کے منہ سے آج پہلی بار ماں کا لفظ سنا ہے ـــــ میں نے کبھی پوچھا بھی نہیں۔ آپ کے گھر والے کہاں ہیں ـــــ ؟"

دھرم راج ایک دم سے رنجیدہ ہو گیا ـــــ ماں ـــــ ماں ـــــ ماں ـــــ تم ٹھیک ہو کہ آج پہلی بار میرے منہ سے یہ لفظ سنا ہے اور میں کہتا ہوں میرے جیون میں، میری ہر باہر آنے والی سانس میں، میری ہر اندر جانے والی سانس میں ـــــ میرے روم روم میں صرف اسی ایک لفظ کی پکار گونجتی ہے ـــــ وہ منہ سے کچھ نہ بولا ـــــ مسکرا کر رہ گیا ـــــ

وہ کسی دن اپنی ماں سے ملانے ضرور لے چلے گا ـــــ مگر وہ بات نہیں کر سکی۔

اُسے اب مجھ سے زیادہ نیند پیاری ہے ـــــ"

دیوالی نے دکھ سے دیکھا ـــــ وہ انسان تقدیر جس کے سامنے سرنگوں تھی، دولت جس کے گھر کی باندی تھی، جو جی چاہے خرید سکتا تھا، جسے چاہے خرید سکتا تھا، ماں کے نام پر ایک بچّے کی طرح رونے لگا تھا ـــ ماں! وہ عظیم محبت جسے ساری دنیا کی دولتیں مل کر بھی نہیں خرید سکتیں ـــــ

گاڑی کے سونا گاؤں پہنچتے ہی مخصوص ہارن کی آواز سُن کر لوگ جمگھٹے کی شکل میں جمع ہونے لگے ـــــ دھرم راج اُن کے لئے بھگوان کا، اوتار کا درجہ حاصل کر چکا تھا ـــــ بغیر کسی مطلب اور چھل کے وہ جو کچھ بھی کر رہا تھا، اس نے سبھوں کو اس کا بن داموں غلام بنا کر رکھ دیا تھا ـــــ ایک ایک کر کے آنے اور چرن چھونے والوں کا تانتا ختم ہی نہ ہوتا تھا۔ ہر منہ سے دعا نکل رہی تھی ـــــ

دیوالی نے اپنی آنکھوں نے یہ سب دیکھا اور بڑی شردھا سے بولی ـــــ "آپ نے میری ضرورت کا ہر سامان لاکر دیا تھا، میں روز سوچتی تھی کہ آپ سے کہوں کہ بھگوان کی ایک مورتی بھی لاکر دیں ...... دھرم راج نے ذرا حیرت سے دیکھا۔" لیکن میں بھی کتنی نادان تھی۔ بھگوان تو میرے گھر میں ـــــ میرے کمرے میں۔ میرے اپنے دل میں ہی موجود ہے ـــــ مجھے مندر جانے کی بھی کیا ضرورت ہے ـــــ آپ جو میرے بھگوان......

"مجھے اتنا اونچا نہ اُٹھاؤ دیوالی ـــــ" وہ تیزی سے بولا ـــــ "مت اتنا اونچا اٹھاؤ کہ گروں تو سنبھل بھی نہ سکوں۔" مت مجھ پر اتنا اندھا وشواش کرو.....

لوگ باگ چونک کر اسے دیکھنے لگے ...... دیوالی نے اسے گھبرا کر دیکھا، اسکے ماتھے پر پسینہ پھوٹ آیا تھا ـــ

اک دم اس نے تیزی سے گاڑی موڑی ـــ "آج میں تمہیں سب کچھ صاف صاف بتا دوں گا دیوالی چلو گھر چلیں ـــ سینے پر اتنا بڑا پہاڑ رکھ کر میں جی نہیں سکوں گا"

دیوالی دونوں ہاتھوں کے پیالے میں اپنا چہرہ چھپائے ساری داستان سنتی رہی ـــ سنتی رہی وہ کہتا رہا ـــ کہتا گیا ـــ

"اب خدا کے لئے مجھے اونچے اونچے ناموں سے مت پکارنا ـــ"

وہ شرارت سے بولی ـــ "اب تو میں آپ کو خود سے اور بھی زیادہ قریب پا رہی ہوں ـــ ایسا لگ رہا ہے کہ آپ میں اور مجھ میں جو ایک فرق تھا، اونچ نیچ کی جو دیوار تھی وہ ڈھے گئی ہے اور میں بڑی آسانی سے آپ کو چھو سکتی ہوں ـــ پا سکتی ہوں ـــ"!

اُس رات فانوس میں جلتے ہوئے چراغوں کو دیوالی ایک ایک کر کے بجھا چکی اور اندھیرا اپنا تسلط جما چکا تو دھرم راج جذبات سے لرزتی ہوئی آواز میں بولا ـــ "تمہیں پتہ ہے دیوالی تم سارے چراغ بجھا دیتی ہو تو بھی ایک چراغ روشن رہ جاتا ہے ـــ تمہارے چہرے کا چراغ ـــ جس سے میری زندگی میں روشنی ہے"!

سونا گاؤں کا نقشہ ہی چند مہینوں میں کچھ سے کچھ ہو گیا ـــ پکی سڑکیں بن گئیں ـــ اسکول کھڑا ہو گیا ـــ ہاسپٹل تیار ہو گیا ـــ نسبتاً بڑی لڑکیوں کیلئے سلائی کڑھائی

کے سینٹر بھی کھل گئے — بوڑھے اور کمزور بوڑھوں کو، جن سے کھیتی کی مشقت ناممکن تھی، گھر بیٹھے آمدنی کے لئے بھینس بکریاں دلا دی گئیں۔ کسی نے فرمائش کی تو پولٹری فارم کھلوا دیا گیا۔

اور اُس دن گاؤں کے بیچوں بیچ جو ایک بہت ہی زرخیز اور شاداب لمبی چوڑی کھیتی تھی اُس کی بات چیت کے لئے دھرم راج تلے ہوئے تھے —

چھوٹے زمیندار نے حیرت سے آنکھیں پٹ پٹا کر دھرم راج کو دیکھا —

"اتنا بڑا کھیت آپ سنبھال نہ پائیں گے"!

"مجھے سنبھالنا ہے بھی نہیں — وہ میں اپنے لئے نہیں لے رہا ہوں — ایک اچھوت خاندان کے ۴۔ ۵ گھرانوں کی کھیتی کے طور پر انھیں تحفہ دینا چاہتا ہوں —

"قیمت"— ؟ چھوٹے زمیندار نے بھویں اٹھا کر رعونت سے پوچھا —

میں نے آج تک کبھی قیمت کی بات کی ہے — ؟ جو مناسب ہو —" اور ذرا ہنس کر کہا — " جو آپ کی جیب کو بھاتی ہو —"

بڑے زمیندار نے ہاتھ اٹھا کر بات روک دی — "لیکن وہ کھیت تو عین گاؤں کے بیچ میں ہے۔ اس طرح تو یہ نیچ جاتی کے لوگ ہم میں رل مل جائیں گے......

دھرم راج انگلی اٹھا کر بولا —

That is the main point

یہی وجہ ہے کہ میں خاص طور سے وہی زمین خریدنا چاہتا ہوں جو اچھوتوں کو ہمارے بیچ لے آئے۔ میں گاؤں کے پرلی اور سرحدی کناروں پر ہریجن بستیاں بنانے کے خلاف ہوں۔ اسی طرح تو دوریاں بڑھتی ہیں — میں چاہتا ہوں کہ انہیں دور کونے

کھدروں میں نہیں —— اپنے بیچ میں اپنے قریب، اپنے دل میں بساؤں، تاکہ دوئی کے فاصلے مٹ جائیں ——

لیکن دھرم راج جی آپ یہ بات بھول رہے ہیں کہ برسوں ......

دھرم راج نے بڑے زمیندار صاحب کی بات وہیں کاٹ دی ——

"میں جانتا ہوں آپ کیا کہنا چاہ رہے ہیں یہی نا کہ برسوں سے یہ فاصلے قائم ہیں؟ لیکن یہ فاصلے قائم کس نے کیے ہیں —؟ ہمیں نے نا؟ اور ہمیں انھیں توڑیں گے بھی۔ اور سچ پوچھیے اگر ہم نہ توڑیں تو اور کون توڑ سکتا ہے؟؟

وہ مسکرا کر دونوں باپ بیٹوں کو دیکھنے لگا ——

بڑے زمیندار کو کچھ نہ سوجھا تو اٹھ کر تیزی سے ٹہلنے لگے —— چھوٹے ٹھاکر اس وقت باپ کی کوئی بات سننے کے موڈ میں نہ تھے —— منہ مانگی قیمت کا شوق کر وہ زمین بیچنے پر آمادہ ہوئے جا رہے تھے ——

دھرم راج کو وہیں چھوڑ کر وہ باپ کو اندر لے جا کر سمجھاتے ہوئے بولے ——

"پتا جی —— آپ بات کی نزاکت کو نہیں سمجھتے۔ منہ مانگی قیمت کوئی الو کا پٹھا ہی دے سکتا ہے۔ ایک لاکھ قیمت کے کھیت کے پانچ پانچ لاکھ وصول کروں گا —— سب سے بڑی طاقت پیسہ ہے پیسہ ہو تو ہر جگہ جائداد خریدی جا سکتی ہے اور ہر جگہ حکومت کی جا سکتی ہے۔"

"بڑے زمیندار نے دھرم راج پر اپنا غصہ اُتارا ——"

"الو کا پٹھا —— بڑا دیش سدھار بنتا ہے، ہماری پوزیشن بگاڑ رہا ہے —— اور اوپر سے تم ہو کہ گاؤں کے بیچ اچھوتوں کو آباد کرنے میں اس کا ساتھ دینا چاہتے ہو —— ہمارے پرکھوں نے بھی ایسی انہونی ہوئی ہے ......

لیکن باپ کو نا پ تول کرتا چھوڑ چھوٹا ٹھاکر پھر سے دھرم راج کے پاس آچکا تھا۔ "آپ کل تشریف لے آیئے کاغذات تیار کروالیں گے ـــ" پھر اندر کی طرف اشارہ کرکے بولا ـــ" پتا جی کی باتوں پر آپ کان نہ دیں پرانے لوگ ذرا نئے لوگوں کی بات ذرا مشکل سے ہی مانتے ہیں ـــ"

دھرم راج مسکرانے لگا ـــ پھر ذرا بن کر بولا ـــ

" یہ اِدھر اُدھر کے جو گاؤں ہیں ـــ جیسے چنداپور ۔ وہاں آپ کی کوئی زمین کھیتی بکاؤ نہیں ہے ـــ" ؟

چنداپور کے نام پر چھوٹے ٹھاکر کے چہرے پر ایک رنگ سا آکر گذر گیا ـــ نفرت سے بولا ـــ" دھرم راج جی ـــ وہاں کے اچھوت تو اور زیادہ پنچ ہیں ـــ آپ سے بن نہیں پائے گا اُن کو سنبھالنا ـــ"

"اور جب میں خود ہی ان میں مل جاؤں ـــ تو ـــ" ؟ اور واقعی وہ اپنی دُھن میں مگن تھا ـــ

اور یہ سب کچھ محض ایک اور ایک ہی شخص کی بدولت تھا ـــ دھرم راج ـــ دھرم راج ـــ دھرم راج ـــ گاؤں والوں کی زبان پر صرف ایک ہی نام تھا ۔ ایک ایسا نام جو اُن کے لئے بھگوان کے سمان تھا ـــ

گاؤں میں ایک بچے کے چیچک نکلی ـــ دھرم راج ہر کام جو کسی سے اپنی نگرانی میں کرواتے تھے ـــ فوراً گاؤں بھر کے لوگوں کے لئے چیچک کے ٹیکوں کا انتظام کیا گیا ـــ

"ایک صحت مند معاشرہ ہی بہتر زندگی کی بنیاد رکھ سکتا ہے ـــ"

دھرم راج کا اُصول تھا ـــــ

حویلی والوں نے طوفان اُٹھا کر کھڑا کیا ـــــ " جن سوئیوں سے یہ نیچ خون والے انجکشن لیں، کیا ہم بھی انہی سے لیں ـــــ "؟ چاپلوس بھٹناگر ہاں میں ہاں ملائے گیا ـــــ

" بھگوان نے سب کا خون یکساں ایک ہی رنگ کا بنایا ہے۔ وہ ایک ہی طرح رگوں میں دوڑتا ہے ـــــ خون میں بھی اونچ نیچ آ گئی ـــــ؟ لگاؤ بھائی اُسی سوئی سے مجھے بھی ٹیکہ، جس سے تم نے ابھی ابھی کلوا ڈھیڑ کو لگایا ہے ـــــ "

اور دھرم راج نے اپنا صحت مند گورا گورا بازو آستین سے ہٹا کر سامنے کر دیا " اسے کہتے ہیں جی سچّا ریفارمر ـــــ " ڈاکٹر نے چاپلوسی دکھائی اور روئی سے بازو صاف کرنے لگا ـــــ " ایک دم وہ بازو دیکھ کر ذرا چونکا ہوا ـــــ

" پدم ـــــ "؟ چاند کا نشان ـــــ؟ جناب بزرگوں سے جیسا سُنا تھا ویسا ہی اِس نشان کا اثر پایا "؟

" کیا سُنا تھا بھائی بزرگوں سے ـــــ "؟ دھرم راج مسکرا کر منہ پھیرتے ہوئے بولا ـــــ " ارے جناب ہم انگریزی پڑھ لکھ بھی گئے تو کیا ہوا ـــــ اپنے پرکھوں بزرگوں کی بات پر ایمان اور وشواشں تو رکھتے ہی ہیں ـــــ یہ صاحب جو آپ کے بازو پہ چاند کا نشان ہے نا بڑے بوڑھے کہتے ہیں یہ پیدائشی نشان عمر بھر نہیں مِٹتا اور جس کسی کو بھگوان یہ نشان دے، اس کے اپنے بھاگوان ہونے میں کوئی شک نہیں ـــــ سو صاحب آج اپنی آنکھوں سے دیکھ لیا ـــــ "

دھرم راج آستین نیچی کرتے ہوئے مسکرا کر بولے ـــــ " چلیئے صاحب ایک چشم دید گواہ تو آج ملا ـــــ پھر ذرا رک کر بولے ـــــ ڈاکٹر صاحب آپ سے ایک ضروری

بات یہ کہنی تھی کہ یہ فیملی پلاننگ والے تو لاکھ چیختے رہیں، ہمارے بھائی لوگ تو بچے پیدا کرتے ہی رہیں گے تو ہاسپٹل میں ایک دو تجربہ کار لیڈی ڈاکٹر رکھنی تھیں مجھے۔
— آپ کا تو یہ فیلڈ ہے — کوئی جان پہچان کی ڈاکٹر ز ہوں تو مجھ سے کہیے گا —"
ایک ڈاکٹر تو میری پہچان کی ہے شانتی ڈاملے ——
بہت تجربہ کار بھی ہے، مگر کچھ عمر بھری ہے۔ پہلے اس کا اپنا میٹرنٹی ہوم بھی تھا۔ پتہ نہیں کیا جی میں آئی، بیچ دیا — اب نوکری بھی نہیں کرتی اور ہاسپٹل بھی نہیں رکھا۔
"بات کر کے تو دیکھئے ذرا —"
"ارے صاحب بات کر کے کیا دیکھوں گا، راضی کر کے ہی لوٹوں گا — آپ جیسے بھاگوان آدمی کا کام کون نہ کرے — اس گاؤں میں سانچا آدمی تو بس آپ ہی ہیں سرکار — باقی تو سب نام کے ہی بڑے ہیں — کوڑی کوڑی سینے سے لگا کر رکھنے والے —"
دھرم راج کے ڈسپنسری سے نکلتے ہی دوسرے لوگ آنے شروع ہو گئے —
ڈاکٹر کا وظیفہ جاری تھا —
"ارے صاحب، ہم بھلے ہی انگریزی اور سائنس پڑھ لکھ گئے، لیکن اپنی مان مریادا تو نہیں بھول سکتے — اپنے ہی ہاتھوں کیسے ایک ہی سوئی سے برہمن اور اچھوت دونوں کو ایک ساتھ ٹیکہ لگائیں —"؟
ڈاکٹر بابو — آپ کو بڑے زمیندار نے حویلی پر بلایا ہے —" کسی آدمی نے آ کر کہا اور تیزی سے باہر نکل گیا —"
ڈاکٹر صاحب کو جہاں چار پیسے زیادہ ملنے کی آس ہوتی فوراً وہاں پہنچ جاتے، کیونکہ دھرم راج جی کی ایسی کوئی پابندی ان پر نہ تھی کہ ہاسپٹل کے نوکر ہوتے باہر کے مریض

اسٹینڈ نہ کریں۔ جی بھر کے دولت سمیٹ رہے تھے۔ اور دلوں میں نفرت کے بیج بھی خوب بو رہے تھے — کوئی دن جاتا تھا کہ یہ فصل پک کر تیار ہو جاتی —

" وہ دھرم راج کا بچہ کیا کہہ رہا تھا —" ؟

بڑے رائے صاحب نے گرج کر پوچھا —

ڈاکٹر صاحب نے مسمسی شکل بنا کر جواب دیا —" صاحب انہوں نے تو اُسی سوئی سے انجکشن لگوایا جس سے تھوڑی دیر پہلے ایک چمار بھنگی کو لگ چکا تھا —"

" ہوں —!" وہ تھوڑی دیر چپ رہے —

سارے گاؤں کا ناس مار دیا — اب سنا ہے دوسرے آس پاس کے گاؤں پر بھی دستِ شفقت پھیرنے والا ہے —"

" جی ہاں جناب — ان کے ارادے تو بہت بڑے بڑے ہیں — اور صاحب بھگوان نے دولت بھی تو خوب دل کھول کر دی ہے اور دل بھی خوب دیا ہے۔

واہ —" واہ واہ "— رائے صاحب گرجے — آپ واہ واہ کر رہے ہیں۔ اور یہاں برسوں کی بنائی ہوئی عزت خاک ہو رہی ہے۔ جس کنوئیں سے ہمارے کھیتوں کو پانی جاتا ہے اسی سے چمار زادے بھی پانی لے رہے ہیں — جیسا اناج ہم کھاتے ہیں، وہ حرام خور بھی جوار باجری چھوڑ کر چاول گیہوں کھا رہے ہیں۔ بد معاش کا بچہ انھیں ہائی برڈ سیڈ سپلائی کرتا ہے۔ گاؤں کے بچے لفنگے بھی، ہماری ہی طرح کے لباس پہننے لگے ہیں — سڑک پر نکلے تو حویلی کی بہو اور گاؤں کی منیارن میں کوئی فرق محسوس نہیں ہو سکتا — اور تو اور نیچ ذات کے گندے انڈے فر فر انگلش اور صحیح ہندی بول رہے ہیں — اور آپ واہ واہ کر رہے ہیں "!

"تو پھر صاحب میں کیا کروں ـــ"

لوگوں کے دلوں میں پھوٹ ڈالیئے ـــ نفرت بھریئے۔ آپ پڑھے لکھے ہیں یہ کام زیادہ بہتر طریقے سے کر سکتے ہیں ـــ"

"صاحب نگر میں نوکر تو دھرم راج جی کا ہوں ـــ"

رائے صاحب گرجے ـــ "تو ہم کس اُلّو کے پٹھے کے مالک ہیں کیپرسٹ" ؟

اور انھوں نے ایک موٹی سی گڈی ان کے آگے پھینک دی ـــ ! ڈاکٹر صاحب حویلی سے نکلے تو ایک کتا جھوٹی ہڈی چچوڑتا بیٹھا تھا ـــ

شانتی ڈاملے کسی حال اپنا ارادہ بدلنے پر راضی نہ تھیں ـــ

"کمال ہے ـــ ڈاکٹر بھٹناگر بڑبڑا کر بولے ـــ بیٹھے بٹھائے ہزار روپے مہینے کی آمدنی ٹھکرا رہی ہو ـــ آخر لوگ ڈاکٹر سیوا کرنے کے لیئے ہی بنتے ہیں۔ کوئی گھر بیٹھنے کے لیئے نہیں ـــ"

"نہیں ڈاکٹر صاحب پلیز۔ آپ مجھے فورس نہ کریں ـــ میں نے طوفان کی سی بھیانک ایک پوری زندگی گزار لی ـــ اب کچھ بھی نہیں رہ گیا ہے۔ کھانے بھر کو اتنا تو بھگوان نے دے رکھا ہے کہ روکھی سوکھی عمر بھر کھا سکوں ـــ"

"ارے جب گھی شکر تر ترا تی ملتی ہے تو روکھی سوکھی کیوں کھاؤ بھئی ـــ"

یہ بھی ایک طرح سے اپنے گناہوں کا پرائشچت کرنا ہے ـــ"

ڈاکٹر صاحب ہنسے ـــ "ارے واہ تم جیسی نیک دیوی بھی کوئی گناہ کر سکتی ہے جس کا پرائشچت کرنا پڑے ـــ"

"ہاں ڈاکٹر صاحب ــــ میں نے تو ایسا گناہ کیا ہے کہ گنگا میں ایک بار ڈبکی تو کیا ساری عمر کے لئے گنگا میں ڈوب کر رہ جاؤں تو بھی وہ داغ نہیں ڈھلے گا ــــ زندگی میں کبھی مذہب، دھرم بھگوان کو نہیں مانا۔ لیکن اب دن رات یہی چنتا کھائے جاتی ہے کہ بھگوان کو کیا منہ دکھاؤں گی ــــ"؟

"آخر بات کیا تھی ــــ مجھ سے بتاؤ تو ــــ دل ہی ہلکا ہو جائیگا ــــ"

ہاں ڈاکٹر صاحب ــــ میں مرنے سے پہلے کم سے کم کسی ایک انسان کو تو یہ بات بتا دوں۔ اتنا بڑا بوجھ میں تو اٹھا بھی لوں ــــ ارتھی اٹھانے والے پس کر رہ جائیں گے ــــ"

شانتی ڈاملے کہتی گئیں ــــ آنکھیں پھاڑے ڈاکٹر بھٹناگر سنتے گئے......

"ہائے کیسا گل گوتھنا سا بچہ تھا ڈاکٹر صاحب، کیسا بھاگیہ وان ــــ بالکل سچ مچ کے چاند جیسا پدم کا نشان ــــ اور میں نے اپنے بدلے کی آگ میں اسے ایک نیچی جاتی والی عورت کی بچی سے بدل دیا! اب سوچتی ہوں کہ اس سے بڑا پاپ کوئی بھی عورت کر سکتی ہے ــــ؟ ننھی سی جان جو ہزاروں لاڈ پیار سے ناز و نعم سے پلتی، جانے کن کن مصیبتوں کا شکار ہوئی ہو ــــ رائے زادہ اشوک چکرورتی کی اولاد اچھوت بن گئی!"

"پھر بعد میں اس کا کچھ پتہ چلا ــــ"؟ ڈاکٹر بھٹناگر کی آنکھوں میں ایک شیطانی چمک پیدا ہوئی ــــ

"کوئی نہیں ــــ جس عورت کی بچی سے میں نے اسے بدل دیا تھا، بعد میں میں نے پتہ کیا تو معلوم ہوا کہ زمیندار کے سالے کی کرتوتوں کی وجہ سے اس نے کنوئیں میں ڈوب کر خودکشی کر لی تھی ــــ دونوں لڑکیوں کی لاشیں بھی کنوئیں سے ملی تھیں۔

پورا خاندان ہی تباہ ہو گیا تھا ـــ سنا تھا بعد میں وہ لڑکا گاؤں چھوڑ کر شہر بھاگ گیا تھا ـــ کوئی بارہ تیرہ برس کی عمر میں ....

"پھر ـــ"؟

"پھر ـــ"؟ دنیا بہوت بڑی ہے ـــ بہوت بڑی ہے ـــ اور انسان اس عظیم اور وسیع سمندر میں ایک قطرہ !! اور پہچان کے لئے محض ایک چاند کا نشان وہ بھی بازو پر جو آستین میں چھپی رہتی ہے ـــ! کون کیسے ڈھونڈھ سکتا ہے ـــ بس بھگوان ہی بچھڑوں کو ملا سکتا ہے۔ اور کوئی نہیں ـــ"

"تو میں چلوں شانتی جی ـــ مگر کوشش کرو کہ دل کو آمادہ کر سکوں۔ لوگوں میں گھری رہو گی تو غم اور گناہ دونوں کا بوجھ ہلکا کر سکو گی ـــ"

دھرم راج کے شاندار آفس میں ایک بڑے سے خوبصورت فریم میں مہاتما گاندھی کی ایک تحریر آویزاں تھی ـــ

"میں بھگوان سے پرارتھنا کروں گا کہ مرنے کے بعد اگر دوسرا جنم ملتا ہے تو میں ہریجن بنا کر پیدا کیا جاؤں ـــ"

ڈاکٹر بھٹناگر دھرم راج کے آفس میں بیٹھے بڑی دیر سے اس فریم کو تکے جا رہے تھے ـــ دھرم راج مڑا اور ہنس کر بولا ـــ

"کیا بات ہے ڈاکٹر صاحب ـــ بڑے سوچ بچار میں بیٹھے ہیں ـــ"

"نہیں صاحب بات کیا ہوتی، سوچ رہا ہوں مہاتما گاندھی بھی کتنے بڑے آدمی تھے ـــ کیا ہی اچھی بات کہی ہے ـــ واہ ـــ واہ صاحب واہ ـــ"

دھرم راج نے ہزار بار کے دیکھے ہوئے فریم کو نئے سرے سے مڑ کر دیکھا ـــ پھر اچنبھے سے ڈاکٹر صاحب کو دیکھ کر اپنے کاغذات پر جھک گیا ـــ

" مگر ایسے فریم تو نیچ ذات والوں کو ـــ میرا مطلب ہے اچھوتوں کو اپنے گھروں اور دیواروں پر لگانے چاہئیں ـــ آپ تو...... اور انھوں نے دانستہ جملہ ادھورا چھوڑ دیا۔

دھرم راج اک دم گڑبڑا گیا ـــ وہ گھبراہٹ میں ہنسا ـــ پھر سنجیدہ ہوا۔ پھر ہنسا، اس کے چہرے پر پسینہ پھوٹ نکلا ـــ اس نے بات سنبھال لی۔

" ہم نام کے برہمن ـــ کون سے ہمارے کام ایسے ہیں کہ برہمن کہلا سکیں ـــ اسی لئے یہ فریم ٹانگ بھی رکھا ہے کہ اپنی اوقات یاد آتی رہے ـــ " وہ زور سے ہنسا ـــ مگر ڈاکٹر بھٹناگر کی تیز نگاہوں کے سامنے اسے محسوس ہوا کہ قہقہہ کچھ پھیکا پڑ گیا ہے ـــ

بات کرنے کی خاطر بات کرنی تھی ـــ " پھر آپ نے کسی لیڈی ڈاکٹر کا انتظام کیا ـــ " ؟

ڈاکٹر بھٹناگر اسے دیکھتے ہی گیا ـــ جواب کچھ نہ دیا۔

دھرم راج یکایک اکھڑ سا گیا ـــ

" آپ غلط سمجھ رہے ہیں ڈاکٹر صاحب..... میں..... م..... م...... آپ یہی کہنا چاہتے ہیں نا کہ آپ اچھوت نہیں ہیں ـــ تو صاحب میں بھی کب کہہ رہا ہوں ـــ میں نے تو بات جیسی بات کی تھی ـــ آپ یہ کہاں کے بکھیڑے لے بیٹھے ـــ

تھوڑی دیر تک ماحول میں تناؤ سا رہا ـــ پھر ڈاکٹر بھٹناگر بڑی مکار سی لجاجت سے بولا ـــ

صاحب آپ تو بڑے دیالو ہیں ـــ بھگوان کی کرپا سے بھگوان سمان ہی ہیں ـــ

یہیں شہر میں بیوی کو ایک پلاٹ پسند آ گیا ہے۔ صاحب اس حکومت میں ایک ڈاکٹر کی اوقات ہی کیا ——— تمیں ہزار کا پلاٹ آپ کے لئے کچھ نہیں، مگر ہمارے لئے تو زندگی اور موت کا سوال ہے۔ اور وہ دھرم راج سے نظریں ملائے بغیر مہاتما گاندھی کے فریم کو تکنے گیا ——

دھرم راج تھوڑی دیر تو یونہی سُن بیٹھا رہا، پھر دھیرے سے اٹھا، سیف کھول کر تیس ہزار کے بنڈل نکالے اور ڈاکٹر بٹناگر کے سامنے رکھ دیئے ——

ڈاکٹر اٹھ کر چلا گیا تو دھرم راج نے اپنے آپ کو سنایا ——

دھرم راج ——— میں خود عنقریب تمہاری پول کھول دوں گا ——۔ صرف چند اہم کام اور سرانجام دے لوں —— اور ڈاکٹر کے بچے —— وہ دروازہ کی طرف دیکھ کر دانت پیس کر بڑبڑایا ——

"تجھ سے —— تجھ سے کسی دن سمجھ لوں گا —— اس وقت تو میں تیری مٹھی میں ہوں۔"

اُسی رات کو کھانے کی میز پر دھرم راج نے بغیر کسی پس و پیش یا شرم کے، بڑے بوکھلائے ہوئے سے انداز سے بابا سے کہا ——

" بابا اگر آپ کی اجازت ہو تو کل میں اور دیوالی شادی کر لیں ——!!"

دیوالی نے پریشانی سے اُسے دیکھا —— "کہیں دھرم راج کا دماغ تو نہیں پھر گیا —— جو منہ کھلا بابا سے یوں بات کر رہا ہے ——"

" بابا نے اس کی پریشانی بھانپ کر توڑا ہوا نوالہ بغیر کھائے پلیٹ میں رکھ دیا —— کیا بات ہے بیٹا —— تم اتنے پریشان تو کبھی نہ دکھائی دیئے ——"

وہ پلیٹ سامنے سے ہٹا کر کرسی سے سر ٹکا کر بیٹھ گیا ـــ دیوالی اور بابا سے نظر ملائے بغیر اس نے بڑی مشکل سے رک رک کر جملہ پورا کیا ـــ

"بابا جس بات سے میں ڈرتا تھا کہ کہیں پہچان نہ لیا جاؤں ـــ پکڑ نہ لیا جاؤں۔ وہی بات ہو گئی ـــ کچھ لوگوں کو معلوم ہو گیا ہے کہ میں اچھوت ہوں ـ بات پھیلتے دیر نہیں لگتی ـــ بابا ـــ ذلت کسی کے ساتھ مہربانی نہیں کرتا بابا ـــ وہ اپنا چکر چلائے جاتا ہے۔ کون جانے وقت کا بے رحم پہیہ کب مجھے اور دیوالی کو اٹھا کر دور دور پھینک دے ـــ اسی لئے بابا ـــ وہ انتشار کی حالت میں کھڑا ہو گیا ـــ اسی لئے بابا میں چاہتا ہوں کہ تھوڑی سی بہت جو بھی خوشیاں میرے نصیب میں ہوں انھیں سمیٹ لوں۔"

دیوالی کی سسکی کی آواز سن کر وہ پلٹا ـــ "رو رہی ہے پاگل ـــ پریشان ہونے کے لئے میں اکیلا کافی نہیں ہوں کیا ـــ"؟

بابا نے اٹھ کر دیوالی کے سر کو پیار سے تھپکا ـــ "بیٹا خدا اپنے نیک بندوں کی ہی آزمائش کرتا ہے۔ اٹھو دعا کرو ـــ گھبراؤ نہیں۔ دعا میں بڑی طاقت ہے ـــ خدا سب ٹھیک ہی کرے گا ـــ"

توقع کے برخلاف ایک دن لیڈی ڈاکٹر شانتی ڈاملے سونا گاؤں ہاسپٹل پہنچ گئیں۔

تنہائی کا بوجھ ـــ گناہوں کا بوجھ۔ ندامتوں کا بوجھ۔ آخر اکیلا انسان کتنے بوجھے ڈھو سکتا ہے ـــ بیٹھے بیٹھے انھوں نے سوچا۔ ممکن ہے کسی کی خدمت کے صلے میں ایک آدھ ایسی دعا مل جائے جو گنہ کے سارے داغ ہی دھو دے ......

ڈاکٹر بھٹناگر اُسے دیکھتے ہی ہڑبڑا گئے ———

"ارے تم ڈاکٹر ——— خیریت تو ہے ———"

"آپ کے اصرار نے ——— اور میرے اپنے حالات نے یہی سمجھایا کہ خود کو مصروف رکھنے ہی میں بھلائی ہے ——— میں دھرم راج جی سے ملنا چاہتی تھی۔ آپ نے اُن کے بارے میں مجھ سے کہا تھا نا؟ ———"

"ہاں ——— آں ——— ہاں ——— وہ گڑبڑائے ——— وہ تو اچھا ہے ——— لیکن وہ تو شہر میں رہتے ہیں اور بہت مصروف ہیں، کبھی کبھار ہی لوگوں سے ملتے ہیں ——— میں خود اُن سے مدت سے نہیں مل پایا۔"

حالانکہ حقیقت یہ تھی کہ اسی دوران وہ تین بار دھرم راج سے مل چکے تھے اور اب تک ایک لاکھ کا ٹوٹا پورا کر چکے تھے ——— شانتی ڈامبلے کو دیکھ کر انھیں وحشت سی ہو گئی کہ "وقت وقت ہی کی بات ہے، کبھی بھگوان نہ کرے اُس نے دھرم راج کا بازو دیکھ لیا اور یوں پتہ چل گیا کہ یہی وہ سپوت ہے، تو پھر تو یہ ہزاروں کی آمدنی ہی گئی ——— تھا تو وہ بے وقوف دھرم راج خود ہی برہمن بچہ ——— مگر خود کو اچھوت سمجھے بیٹھا تھا ——— اور اچھوت پن کو چھپانے کے ہزاروں روپے دیئے جا رہا تھا ———"

شانتی ڈامبلے اٹھ کر جا ہی رہی تھی کہ باہر کار رکنے کی آواز آئی اور کئی آوازوں کا ملا جلا شور اٹھا ——— اچانک دھرم راج اندر داخل ہوا ———

"آیئے آیئے ——— دھرم راج جی ——— ڈاکٹر بھٹناگر اس بے وقت کی اچانک آمد سے حد درجہ پریشان ہو کر گڑبڑاتے ہوئے اٹھے اور کرسی پیش کی ———

بیٹھنے سے پہلے ایک مہربان اور شفیق صورت، عمر رسیدہ، صورت سے پڑھی لکھی خاتون کو دیکھ کر دھرم راج ٹھٹھک سا گیا اور اخلاق سے پوچھا ——

"آپ کی تعریف ——" ؟

ڈاکٹر بھٹناگر نے بددلی سے تعارف کرایا ——

"لیڈی ڈاکٹر شانتی ڈالے ——"

" اچھا اچھا —— اس نے ہاتھ جوڑ دیئے ——" آپ کے بارے میں تو مدت سے سُن رہا تھا —— بڑے سوبھاگیہ میرے جو یوں آپ سے ملاقات ہوگئی ——

شانتی ڈالے انکساری سے مسکرانے لگی ——

" تو پھر آپ ہمارے ہاسپٹل کا چارج لے رہی ہیں ماں جی ——" ؟

" ماں جی "—— ؟ شانتی نے گھبرا کر دھرم کو دیکھا ——

محبت بھی انسان کو بے بس کر رکھ دیتی ہے —— شانتی میں " نہیں " کہنے کی اب تاب ہی کہاں رہ گئی تھی —— آبدیدہ ہو کر بولی ——

" جب ماں کہہ دیا بیٹا تو پھر انکار کی جگہ ہی کہاں رہ جاتی ہے ——"

ڈاکٹر بھٹناگر نے بے موقع بے تُکی بات شروع کی —— " دیکھنا حویلی والوں کے ہاں سے بلاوا آئے پھر تو نہ جانا ——"

" لیکن میری طرف سے تو کوئی منع نہیں ہے آپ لوگوں کو ——" وہ مسکرا کر نرمی سے بولا ——

" وہ تو ٹھیک ہے آپ بھلے بھاگوان آدمی ہیں —— وہ لوگ تو نام کے ہی برہمن ہیں بڑے خباثت قسم کے لوگ ہیں ——"

دھرم راج اکو اکو بگڑ کر کہہ گیا —— " چھوٹے سرکار کے بارے میں تو زیادہ نہیں

کہہ سکتا لیکن رائے صاحب اشوک چکرورتی تو خاصے سلجھے ہوئے آدمی ہیں۔

پھر ذرا مسکرا کر بولا — "بس ذرا غصہ جلدی ہو جاتے ہیں — پیسے والے ہیں نا —"

اس کے لہجے میں طنز چھپا نہ رہ سکا۔ لیکن شانتی ٹلا سے کچھ نہیں سن رہی تھیں —

"ہائے ری قسمت پھینکا بھی تو کہاں لاکر — لیکن اب تو اس جال میں ہاتھ پاؤں ایسے پھنس چکے ہیں کہ چھٹکارا ممکن ہی نہیں —"

ڈاکٹر بھٹناگر دھرم راج کے پیچھے پیچھے لپکے —

"صاحب آج اچانک ادھر آنا کیسے ہو گیا بتا ؟ -

دھرم راج نے اُسے معنی خیز نظروں سے گھور کر کہا —

"ایسا لگتا ہے کہ زندگی کے چند ہی روز باقی رہ گئے ہیں — اسی لئے سوچتا ہوں کہ جلدی جلدی بہت سی نیکیاں اور پُن کر ڈالوں — اطراف کے چار گاؤں میں اسکول اور ہاسپٹل کے لئے زمین خرید تا پھر رہا ہوں — !

"دھن ہو — دھنیہ ہو — ڈاکٹر بھٹناگر نے پیشہ ور سادھوؤں کے انداز میں الاپنا شروع کر دیا —

دھرم راج جاتے جاتے مُڑا — "دیئے سے دیا جلتا ہے — میں نے سوچا تھا ایک گاؤں سے دوسرے گاؤں — دوسرے سے تیسرے — اس طرح جہاں تک ممکن ہو سکے روشنی پھیلاتا جاؤں گا کہ ایک حد وہ آ لگے کہ لوگ مٹھیوں میں بھر بھر روپے خیرات کرنے کو نکلیں اور کوئی لینے والا نہ ملے — لیکن ڈاکٹر بھٹناگر — جس طرح ایک دیئے سے دوسرا دیا جلتا ہے، اسی طرح زہریلی ہوا کے ایک ہی جھونکے سے ایک ایک کر کے سارے دیئے بجھ بھی جاتے ہیں —"

اس نے اپنے پیچھے زور سے دروازہ بند کیا اور مُڑ کر دیکھا تک نہیں —

پتہ نہیں باباکی رائے میں کون سی مصلحت تھی مگر انھوں نے دھرم راج سے یہ کہا تھا کہ ابھی فی الوقت دھوم دھڑاکے سے شادی نہ کرو ۔۔۔ مندر میں جاکر ملنے بدل شادی کر لو ۔۔۔ جشن بعد میں ہوتا رہے گا۔ اور دھرم راج نے ہر بات کی طرح بابا کی یہ بات بھی مان لی تھی اور اگلا سنیچر شادی کے لئے طے کیا تھا کہ اچانک پیر کو سونا گاؤں سے چند لوگ آ گئے ۔۔۔ اتفاقاً مندر کے ادگھاٹن کا دن بھی سنیچر ہی قرار پایا تھا۔ اور چونکہ دھرم راج وعدہ کر چکے تھے کہ سارے اچھوتوں کے ساتھ مندر میں پرارتھنا کریں گے اس لئے ناممکن تھا کہ وعدہ پورا نہ کرتے ۔۔۔ شادی کی بات تو ٹل گئی لیکن یہ بھی طے رہا کہ بابا اور دیوالی بھی سنیچر کو مندر پرارتھنا میں ضرور جائیں گے ۔۔۔

جب دھرم راج کی شاندار گاڑی سونا گاؤں کے سامنے جا کر رکی ہے تو بھیڑ کا عالم دیکھنے سے تعلق رکھتا تھا ۔۔۔ آگے منڈپ تنا ہوا تھا جس میں خوب جھکا جھک اجالا ہو رہا تھا ۔۔۔

سامنے نرم اور گدے والے صوفوں پر شہر سے آئے ہوئے، اور گاؤں کے بڑے لوگ، سماجی مرتبے دار لوگ، برہمن لوگ، ۔۔۔ پیسے والے لوگ براجمان تھے۔ جو بس چلتا تو ہرگز اس محفل میں نہ آتے، لیکن چونکہ اب اس کام کی نوعیت کچھ کچھ سیاسی بھی ہو گئی تھی اور حکومت وقت کا ساتھ نہ دینا غیر دانشمندی میں شامل تھا۔ اس لئے آکر بیٹھ تو گئے تھے مگر سخت بری بری صورتیں بنا رہے تھے ۔۔۔

سامنے شطرنجیوں پر نیچی ذات کے لوگ، مرد، عورتیں، بچے بھرے بیٹھے تھے ۔۔۔

پھر اسکولوں کے ماسٹر ۔۔۔ ہسپتالوں کے ڈاکٹر کمپونڈر، زمین اور پورا گاؤں اور صرف سونا گاؤں کا ہی نہیں، ادھر ادھر آس پاس جتنی بھی آنکھوں پر دھرم راج نے

اپنی مہربانیوں سے روشنی پھیلائی تھی۔۔۔ سبھی موجود تھے۔۔۔ ایک قطار میں صوفوں پر رائے صاحب اشوک جگر ورتی ان کی دھرم پتنی۔۔۔ ان کے بڑے بیٹے۔ چھوٹی بیٹی سلیکھا۔۔۔ ان سے ہٹ کر ڈاکٹر بھٹنا گر۔۔۔ ڈاکٹر شانتی ڈاملے۔۔۔ ڈائس پر تیز روشنی میں دو تین سیاسی نیتاؤں کے ساتھ دھرم راج بیٹھے ہوئے تھے۔ نیچے پہلی قطار میں بابا اور دیوالی نظر آ رہے تھے۔۔۔

مدتوں بعد آج شانتی ڈاملے نے اشوک رائے کو دیکھا تھا۔۔۔ سینے میں جذبات اور کڑوی کسیلی میٹھی کسکتی یادوں کا طوفان موجزن تھا۔۔۔ ایک دل کہتا تھا کہ جا کر کہہ دیں ایسی ایک بھول زندگی کا روگ بن گئی ہے۔۔۔ پھر سوچتیں اس اُس نے بھی تو میری زندگی کو ایک بھنور میں لا چھوڑا تھا۔۔۔

ایک دل کہتا تھا اپنے گناہوں کا راز خود ہی کھول دیں۔۔۔ پھر سوچتیں اگر وہ پوچھ بیٹھا کہ میرا لال میرا جگر کا ٹکڑا کہاں ہے۔۔۔ تو میں کہاں سے لاؤں گی۔۔۔؟ وہ دونوں ہاتھوں سے اپنے دل کو سنبھال رہی تھیں۔۔۔

"بھگوان مجھے شکتی دے کہ میں یہ سمے بخوبی ٹال سکوں۔۔۔

اچانک ڈائس پر سے اناؤنسر کی آواز گونجی۔۔۔ حاضرین۔۔۔ بہنو اور بھائیو۔۔۔ دھرم راج کی ذات کسی تعارف کی کسی پریچے کی محتاج نہیں۔۔۔ آپ نے جو کچھ بھی کیا اس کے لئے میں ایک ہی بات کہوں گا کہ جس طرح ایک چاند دنیا بھر کی تاریکی کو دور کر سکتا ہے، کچھ ایسی ہی مثال دھرم راج جی کی بھی ہے، وہ ایک ہیں مگر انھوں نے سونا گاؤں اور آس پاس کے گاؤں میں ایسے ایسے سماج سدھار کے کام کیئے ہیں کہ لگتا ہے کہ وہ کئی ہیں۔۔۔ (دھرم راج جی اپنی ہنسی روک نہ سکے کیونکہ یہاں پہنچ کر خود اناؤنسر نے ہی تالیاں بجانی شروع کر دیں) آج کی محفل میں بھی

وہ پن اور ثواب کا ایک بہت بڑا کام کرنے جا رہے ہیں ـــ اپنے ذاتی خرچے
سے لاکھوں روپے کی مالیت کا بنوایا ہوا مندر آج ان کے اپنے ہاتھوں کھلنے
والا ہے ـــ اس موقع پر ستیہ نارائن کی پوجا کے لئے جو پنڈت مہاراج
آئے ہیں ـــ وہ ابھی آپ سبھوں کے سامنے دھرم راج جی کو جنیو پہنائیں
گے ـــ پر اس کام کے لئے آپ میں سے کسی ایسی مہان ہستی استری کی سیوا درکار
ہے جو شادی شدہ نہ ہو ـــ" اور عمر میں زیادہ ہو ـــ

لوگوں نے گردنیں بڑھا کر آگے اور پیچھے جھانکنا شروع کیا ـــ

اناؤنسر کی آواز پھر سے گونجی ـــ "ہمارے دیش میں ابھی بدیشی ملکوں کی
چھاپ نہیں پڑی ہے۔ مطلب یہ کہ بہت خوشی کی بات ہے کہ سب لوگ خوشی
خوشی شادی کرتے ہیں......

"اور بے حساب بچے پیدا کرتے ہیں ـــ" پیچھے سے کسی نے آواز لگائی ـــ
لیکن تب تک وہ تین پہچان والوں نے کھینچ کھانچ کر شانتی ڈاملے کو کھڑا
کر دیا تھا ـــ

"یہ دیوی جی غیر شادی شدہ ہیں ـــ"

"تو براہ کرم آپ ڈائس پر تشریف لے آئیے ـــ"

اناؤنسر جناب کی آواز گونجی ـــ کانپتے قدموں سے شانتی ڈاملے ڈائس پر
پہنچیں تو تیز اجالے میں ان کا چہرہ دیکھ کر رائے صاحب اشوک چکرورتی اپنی
جگہ بیٹھے کے بیٹھے رہ گئے ـــ

اشلوک پڑھتے ہوئے پنڈت جی مہاراج نے بغیر کسی دکھاوے کے دھرم راج
جی کا حلیہ ٹائٹ کر دیا ـــ پہلے ٹائی ـــ پھر کوٹ ـــ پھر شرٹ بھی ـــ

"غنیمت ہے یار پتا دان رہنے دی ہے" کسی منچلے نے پیچھے سے ہانک لگائی —
دھرم راج نے سخت پشیمانی اور کھسیاہٹ کے ساتھ نازنین کو دیکھا — مگر بے چارے مجبور تھے ——

پھر پنڈت جی نے ایک لمبا چوڑا جنیو دیوی شانتی جی کے ہاتھوں پر تھما دیا۔ "پہلے اسے بازو سے نکال کر گردن میں ڈالیے اور پھر ماتھے پر سیندور کے ساتھ......"

اور جب تیز روشنی میں جنیو اوپر نکالنے کے لیے شانتی ڈارلنگ نے دھرم راج کا بازو تھاما تو وہ چاند اچانک ان کی آنکھوں کے سامنے آ گیا جو چھپا ہوا تھا تو جانے کتنوں کی زندگیوں کو تاریک کیے ہوئے تھا ——

"بیٹا — تم — تم — یہ چاند ......"

دھرم راج نے ذرا شرما کر دیوالی اور دوسری خواتین کی طرف دیکھا اور دھیمے سے لہجے میں بولے ....

"جی ہاں ماں جی، یہ میرا بچپن کا پیدائشی نشان ہے —"

جنیو ان کے ہاتھ سے چھوٹ کر گرا ——

"بیٹا — وہ بمشکل خود کو سنبھال رہی تھیں — آج مندر کے شمبھو اوگھڑ کے شمبھو اور سر پہ شاید بھگوان کو بھی مجھے سرخرو کرنا تھا ——

"دھرم راج نے ذرا غور سے انہیں دیکھا — اچانک انہیں یاد آیا ڈاکٹر بھٹناگر شاید ٹھیک ہی کہتا تھا کہ کچھ سر پھرا بڑھاپا ہے ——"

"بیٹا تم اچھوت نہیں ہو — اچھوت تو ہم ہیں جس نے اپنے بیٹے کو آگ میں جھلس کر رکھ دیا۔ تم تو راجہ بہادر اشوک چکرورتی کے دوسرے بیٹے ہو۔ آگے جگہ جگہ فتنہ ہو سکے کی وجہ سے سارے میں آواز چار پانچ ختم۔ شانتی کی بات پوری ہوئی جب

اور ان کی تینی چونک کر کھڑے ہوئے۔

دھرم راج سخت سراسیمہ کھڑا کا کھڑا رہ گیا تھا — کوئی بات اس کے پلّے نہیں پڑ رہی تھی۔ پھر شانتی ڈامیلے نے رک رک کر بھرے مجمع میں اشوک سُکھر ورتی کو مخاطب کر کے کہنا شروع کیا —

"جب تم نے میری زندگی کو کھلونا سمجھ کر دل بہلایا اور پھر توڑ پھوڑ کر پھینک دیا تو میں نے زندہ رہنے کا بہانہ ڈھونڈنے ڈاکٹری کی پڑھائی پوری کر لی — ہاسپٹل تمہارے گاؤں سے دُوری سے کھولا، لیکن یہ بھی قسمت تھی کہ تمہاری اولاد کو میرے ہی یہاں جنم لینا تھا — ایک ہریجن عورت کی پکار کہ مجھے بیٹی نہیں چاہیئے اور تمہارا دبا ہوا جذبۂ انتقام — میں نے اپنے ضمیر کی آواز کو کچل کر تمہارا بیٹا ایک ہریجن عورت کی بچی سے بدل دیا — کہ جی بھر کے دُکھ بھوگے، اتنے دکھ جتنے تم نے مجھے دیئے — بس بچے کی ایک نشانی اتفاقاً میرے دل سے گذر گئی — بازو پر چاند سا پدم — پھر زندگی کے بھیڑ بھڑکے میں سب کھو کر رہ گئے۔ مگر میرا ممتا سا را دل اس بدنصیب بچے کے لیے سدا روتا رہا — لیکن بھگوان کے کھیل بھی نیارے ہوتے ہیں — میں نے جس بچے کو ان کے بدل دیا تھا کہ وہ ہریجن ہو کر پلے بڑھے اور دنیا بھر کی ذلتیں سہے، وہی بچہ سارے ہریجن جاتی کے لیے ایک مشعلِ راہ بن گیا — وہ ہریجن بچہ — جو دراصل برہمن ....

مگر اچانک دھرم راج چیخا — میں برہمن نہیں ہوں — میں برہمن نہیں بننا چاہتا —

میں اچھوت ہوں —

"میں اچھوت ہوں —"

ہر طرف ایک شور — ہلّور — مچی ہوئی تھی۔ کان پڑی آواز سنائی نہیں دیتی تھی۔ رائے اشوک چکرورتی تو اپنی جگہ ندامتوں کے ڈھیر میں ڈوبے کھڑے تھے، ان کی دھرم پتنی البتہ لوگوں کو چیرتی پھاڑتی بیٹے تک پہونچ گئی تھیں جو آج اچانک ہی انھیں پلا پلایا مل گیا تھا — وہ پٹاپٹ اس کی بلائیں لئے جا رہی تھیں مگر وہ عجیب کسمپرسی کا شکار بنا کھڑا تھا —

پھر سے شانتی ڈانیلے کی آواز گونجی — "میں گنہگار یہ بوجھ نہیں اٹھا سکتی تھی، اسی لئے میں نے صرف ڈاکٹر بھٹناگر کو زندگی میں یہ راز بتایا تھا، آج میں کس منہ سے بھگوان کا شکر ادا کروں —" دھرم راج نے اچانک مجمع میں سے ڈاکٹر بھٹناگر کو نکل کر تیز تیز جاتے ہوئے دیکھا۔ وہ اپنے آپ میں مسکرا کر پھر سے شانتی ڈانیلے کی بات سننے لگا —

"میں کس منہ سے اپنے بھگوان کا شکریہ ادا کروں کہ اسی نے میرے سینے سے اس بوجھ کو اتار دیا — میں خود ہی نیچ جاتی کی کچلن میں دبی رہی، یہ دکھ اور بھی جان لیوا تھا کہ ایک برہمن بچے کو ہریجن بنا ڈالی ...."

"مگر ماں جی — دھرم راج چلّایا — آپ کس رشتے سے مجھے برہمن کہہ رہی ہیں۔ میری ماں جس کا میں نے دودھ پیا وہ بھی اچھوت تھی — جن لوگوں میں، جس خاندان میں میں پلا بڑھا وہ سب اچھوت تھے — یہ رشتہ کوئی کچا دھاگا نہیں ہے جسے ایک جھٹکے سے توڑ دیا جائے — سانپ ہمیشہ چندن کے پیڑ سے لپٹا رہتا ہے مگر چندن اس سے زہریلا نہیں ہو جاتا..... پھر وہ کچھ رکتے رکتے بولا۔ اور سب سے بڑی بات میری ہونے والی دلہن بھی تو میری ہی طرح اچھوت ہے — اور مجھے اپنے اچھوت ہونے پر فخر ہے کیونکہ ہم ہی وہ لوگ ہیں جن کا دھرتی سے اٹوٹ رشتہ ہے ......

اور جب یہ سب کہتے کہتے اس نے گھوم کر اس جگہ نظریں دوڑائیں جہاں دیوالی بیٹھی ہوئی تھی تو وہ حیرت زدہ سا رہ گیا ـــ دیوالی پنڈال میں سے اٹھ کر دھیرے دھیرے باہر چلی جا رہی تھی ـــ

وہ اچانک، تیزی سے اس کی اور دوڑا ـــ

"دیوالی ـــ تم اچانک چلی کیوں آئیں ـــ" اور اس نے دیوالی کا ہاتھ تھام لیا ـــ "چھوڑ دیجئے میرا ہاتھ ـــ" دیوالی غصّے سے بولی۔ اس کی آنکھوں میں آنسو بھر آئے تھے ـــ "مگر کیا ہوا دیوالی ـــ" میں نے کیا کیا ہے ـــ؟ وہ لجاجت سے بولا ـــ

آپ پوچھتے ہیں آپ نے کیا کیا ہے؟ میں کہتی ہوں آپ نے کیا نہیں کیا ہے ـــ ـــ ہر بار ایک سے ایک نیا ڈھونگ رچاتے رہے۔ کبھی برہمن بن جاتے کبھی اچھوت ـــ اور جب میں نے اپنے آپ کو آپ سے وابستہ کر دیا اور ایک سر پھری اور پاگل ندی کی طرح آپ کی ذات کے سمندر میں خود کو ملا دینے کا عہد کر لیا تو ...... وہ اچانک زور زور سے رونے لگی ـــ

"میں بھول گئی تھی کہ آپ کے دل تک جو راستہ جاتا ہے وہ سونے چاندی کی اینٹوں سے بنا ہوا ہے اور میں دھول اور مٹی پر چلنے والی ......

دھرم راج نے اس کے ہونٹوں پہ اپنا ہاتھ رکھ دیا۔ "بس ـــ بس ـــ کرو۔ بھگوان کے لئے ایسی باتیں مت کرو ـــ" "ہم سب ـــ تم بھی ـــ میں بھی ان لوگوں میں سے ہیں جو دکھوں کی کھیتی بوتے ہیں اور آنسوؤں کی فصل کاٹتے ہیں ـــ میں تم سے الگ کہاں ہوں دیوالی ـــ تم چلی گئیں تو میری زندگی میں ایسا اندھیرا چھا جائیگا کہ دنیا کے سارے چراغ مل کر بھی ہلکا سا اجالا تک پیدا نہ کر پائیں گے ـــ"

دیوالی نے غصّہ سے اُسے دیکھا — "اتنے بڑے گاؤں کے ٹھاکر اور مالک کے لئے دیوالیوں کی کیا کمی ہے"؟

"دیوالی" — دھرم راج جذبات کی شدّت سے آنکھوں میں آئے آنسوؤں کو پیتا ہوا بولا۔ "مت اتنی ظالم بنو —"

"ظالم میں نہیں — آپ ہیں — جب آپکو پتہ تھا کہ آپ کون ہیں کیا ہیں تو اتنا ڈرامہ کرنے کی کیا ضرورت تھی — ٹھاکر صاحب آپ زمیندار کے بیٹے ہیں اور بیٹے رہیں گے۔ اور میں ......"

دھرم راج نے غصّہ سے اس کی بات کاٹی۔ "دیوالی میں تم سے کہہ رہا ہوں مجھے یہ ساری باتیں واقعی نہیں معلوم تھیں —"

"اب تو معلوم ہوگئیں — اور جب اپنے نئے ماحول میں آپ رچ بس جائیں گے تو وہی ہو جائیں گے جو سبھی ہوتے ہیں۔ اور یہ بڑی بڑی باتیں دھری کی دھری رہ جائیں گی۔" اک دم وہ غصّہ سے گھوم گئی — "یہ تو کہئے قسمت کی بات تھی جو آپ اچھوتوں کے بیچ پل کر بڑے ہوئے اور ان کے دکھ درد کو محسوس کیا — اگر ایسا نہ ہوا ہوتا تو ......" دھرم راج نے ایک غم زدہ سی مسکراہٹ کے ساتھ اس کا ہاتھ تھام لیا —

"یہی تو میں کہتا ہوں دیوالی — دانہ جب تک مٹی سے نہیں مل جاتا یونہی پڑا رہتا ہے۔ اور جب مل جاتا ہے تو پھول بن کر ابھرتا ہے — کھیتی بن کر لہراتا ہے، بہار بن کر جھومتا ہے — ساری بات رشتوں کی ہے — میں اپنا رشتہ خوب سمجھ گیا ہوں —" وہ کچھ آگے بڑھا — "اور اس پر بھی تمہیں اس مٹی نے میری وفاداری کا یقین نہیں آتا تو ایک میرے لئے میری آنکھیں دیکھ لو — ناگن تھیں"

جھوٹ نہیں بولتیں ــــ اور میری ماں تو بڑی ہی سچی تھی، وہ کہتی تھی پاپ اور جھوٹ آنکھوں میں اُتر جائیں تو انسان کبھی کسی سے آنکھ نہیں ملا سکتا ــــ "

دیوالی نے دھیرے دھیرے آنکھیں اٹھائیں اور دھرم راج کی آنکھوں میں اپنی آنکھیں بٹھا دیں ــــ دھرم راج کی آنکھیں، جو اتنی معصوم، اتنی شفاف اتنی محبت بھری تھیں کہ کوئی جھوٹ اُن میں سما ہی نہ سکتا تھا ــــ ؟

"پوجا کا سمے ہو گیا ــــ مندر میں نہیں چلو گی ــــ" ؟ دھرم راج دھیرے سے بولا ــــ !

"میرے ساتھ ــــ" !

اور سینکڑوں ہزاروں لاتعداد اچھوتوں اور نیچ جاتی کے لوگوں کے ساتھ

جب دیوالی کا ہاتھ تھامے تھامے وہ مندر میں داخل ہو گیا اور اس کے نقشِ قدم پر چلتے چلتے اس کے اپنے ماں باپ بھائی بہن سبھی اندر پہنچ گئے تو بابا نے کھڑے کھڑے پیار سے سوچا ــــ

"جب بھی ظلم اور ناانصافی کی گھور تاریکی چھائی ہے، تم ہی جیسا کوئی جیالا مشعل لے کر اُٹھا ہے ــــ"

اندر زور زور سے گھنٹیاں بجنے لگی تھیں ــــ